LA MOMIE DU PHARAON DHÉB-ILE

LA MOMIE
DU PHARAON DHÉB-ILE

Texte et illustrations
de
Richard Petit

Isbn : 1552250318.

Dépôt légal 2e trimestre 1998.
Imprimé au Canada.
Bibliothèque nationale du Québec
Bibliothèque nationale du Canada

TOI!

Tu fais maintenant partie de la bande des
TÉMÉRAIRES DE L'HORREUR.

OUI! Et c'est TOI qui as le rôle principal dans ce livre où tu auras plus à faire que de tout simplement... LIRE. En effet, tu devras déterminer le dénouement de l'histoire en choisissant parmi les numéros suggérés afin, peut-être, d'éviter de basculer dans des pièges terribles ou de rencontrer des monstres horrifiants...

Aussi, au cours de ton aventure, lorsque tu feras face à certains dangers, tu auras à **TOURNER LES PAGES DU DESTIN...** ce qui consiste à faire glisser ton pouce sur le côté du livre en faisant tourner les feuilles rapidement pour t'arrêter au hasard sur une page et lire le sort qui t'est réservé.

Lorsqu'on te demandera de TOURNER LES PAGES DU DESTIN, tu choisiras, selon le cas, le pictogramme qui concerne l'événement, par exemple :

Si tu arrives devant une porte, un sarcophage ou un coffre :

Ce pictogramme signifie qu'il ou qu'elle est verrouillé(e) ;

celui-ci signifie qu'il ou qu'elle est déverrouillé(e).

Est-ce que tu as réussi à fuir?

Ce pictogramme signifie que tu as réussi à fuir ;

celui-ci signifie que tu as été attrapé.

S'il y a des monstres :

Ce pictogramme veut dire qu'ils t'ont vu ;

celui-ci veut dire qu'ils ne t'ont pas vu.

Aussi, au cours de ton aventure, tu auras à jouer quelques parties de «roche, papier, ciseaux» avec ton amie Marjorie. Au lieu de te servir de tes mains, tu joues en tournant les pages du destin deux fois : une fois pour

Marjorie et une deuxième fois pour toi. Voici la valeur de chacune des figures : le papier enveloppe la pierre (il est donc gagnant face à la pierre), mais il est coupé par les ciseaux (les ciseaux gagnent contre le papier). Les ciseaux se brisent sur la pierre (la pierre gagne contre les ciseaux).

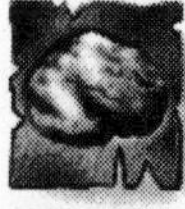 Ce pictogramme représente la roche ;

 celui-ci représente le papier ;

 et enfin ce dernier représente les ciseaux.

De plus, à certains moments de l'histoire, il te faudra résoudre certains mystères afin de continuer ton aventure.

Maintenant, tu es prêt! Ton aventure commence au numéro 1. Et n'oublie pas : une seule finale te permet de terminer... ***La Momie du pharaon Dhéb-ile.***

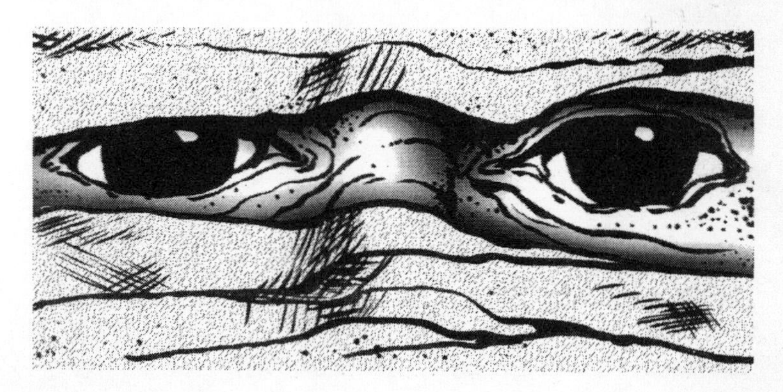

1

Ouf! quelle journée...

Oh oui, en effet! C'est une longue et passionnante sortie de classe au musée Beautruc qui est sur le point de se terminer. En commençant par les gigantesques squelettes de dinosaures jusqu'aux trésors provenant du vieux temple de Karnak, en Égypte, aujourd'hui, vous aurez vraiment vu des tas de choses. Il n'y a rien d'étonnant là-dedans, car Madame Duguay, votre prof, c'est vraiment une passionnée d'art et d'histoire : «Observez cette peinture, les enfants, n'est-elle pas... MAGNIFIQUE? Regardez celle-ci et puis celle-là, vous a-t-elle répété toute la matinée. Admirez cette sculpture abstraite aux formes si curieuses!

— On dirait une grosse poubelle toute cabossée tombée d'un camion à ordures», lui avait répondu Marjorie pour se moquer.

Après le goûter du midi, le musée vous a fourni des guides audio, espèces de magnétophones accrochés à la taille par une ceinture et munis d'écouteurs. Tous les trois, vous avez tout de suite remplacé la cassette du musée par celle de votre groupe préféré de musique *Rap*. Plusieurs fois, devant un tableau, Jean-Christophe s'est balancé la

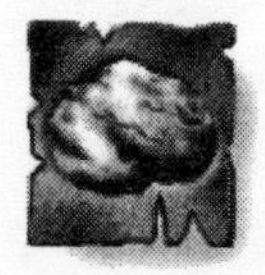   

tête au rythme de la musique et tu as craint qu'il se fasse prendre.

«Ça va être ta fête si tu te fais attraper, l'avais-tu prévenu, et tu peux me croire, il n'y aura pas de gâteau, seulement tes parents, le directeur et toi...

— PFOU!» t'a-t-il soufflé, indifférent et pas inquiet des conséquences.

En fait, tu oublies quelquefois qu'il n'y a pas grand chose qui l'énerve, ton ami Jean-Christophe. Parmi la bande des Téméraires de l'horreur que vous formez tous les trois avec sa soeur Marjorie, il est de loin le plus *cool*. Souviens-toi de votre voyage en Angleterre. Lors d'une visite guidée de la tour de Londres, le fantôme du bourreau qui hantait les lieux depuis plus de deux cents ans était soudain apparu... UNE HACHE À LA MAIN!

Terrifiés, Marjorie et toi aviez pris la poudre d'escampette. Jean-Christophe, lui, au lieu de s'enfuir avec vous, s'était affublé d'une couronne qui était exposée dans une vitrine. S'improvisant roi d'Angleterre, il avait engueulé le fantôme comme du poisson pourri. Confus, le revenant s'était enfui en traversant un mur. Cette histoire avait vite fait le tour du quartier.

16 h 55. Perdu dans ces souvenirs, tu déambules d'une salle à l'autre sans te rendre compte que Jean-Christophe, Marjorie et toi avez pris du retard sur les autres élèves; en fait vous ne les voyez nulle part. La musique provenant de ton guide audio couvre complètement les haut-parleurs du musée qui soudain crachotent : «Le musée fermera ses portes dans deux minutes ; nous demandons à tous les visiteurs de se diriger sans tarder vers la sortie. Merci de votre collaboration.»

N'ayant rien entendu de tout cela, vous poursuivez votre visite. Plus loin, vous vous retrouvez devant une vitrine où tous les trois, les mains appuyées sur les genoux et le visage grimaçant de dégoût, vous examinez un gros couteau aztèque au manche recouvert de pierres turquoises ayant servi à des sacrifices humains. À l'instant même où tu te relèves, la bande magnétique arrive à sa fin puis **CLOC!** ton magnétophone s'arrête. Tu retires les écouteurs de tes oreilles et constates que vous êtes maintenant seuls dans la salle.

«Mais où sont donc passés les autres? demandes-tu à Marjorie qui a elle aussi enlevé ses écouteurs.

— Peut-être qu'ils se sont cachés pour nous flanquer la frousse, lance-t-elle d'un air complètement égaré. Enfin, je l'espère...»

Sur la pointe des pieds, vous balayez des yeux le large corridor bordé de statuettes qui s'étale devant vous sur plusieurs dizaines de mètres... IL N'Y A PERSONNE!

Soudain, au bout du couloir, un léger bruit survient **CLIC!** et les lumières de la salle la plus éloignée s'éteignent. Puis un autre, **CLIC!** et d'autres lumières s'éteignent... Plusieurs **CLICS!** successifs se font entendre, et les galeries se retrouvent une à une dans la pénombre, jusqu'à ce que le corridor dans lequel vous vous trouvez soit finalement plongé lui aussi dans la noirceur... **CLIC!**

«Qu'est-ce qui se passe? demande tout à coup Jean-Christophe, qui écoutait toujours sa musique. Où sont les autres? Où est Madame Duguay?

— Je n'en sais rien, moi, lui répond sa soeur. Ce n'est pas nous qui avons touché à l'éclairage. Nous cherchions tout simplement les autres lorsque curieusement tout s'est éteint.

— Il n'y a qu'une explication à tout cela, leur réponds-tu... LE MUSÉE VA FERMER!

— VITE IL FAUT RETOURNER À L'ENTRÉE! s'écrie Marjorie. Mais par où passer? On a tellement zigzagué dans la journée que je ne sais plus où on est...

— Dans cette direction!» lui montres-tu en pointant du doigt un panneau indicateur.

Vous vous engouffrez au pas de course dans le passage qui débouche, comme c'était indiqué, sur l'entrée principale du musée. Là aussi l'éclairage a été réduit au minimum. Au kiosque d'information et à la billetterie... IL N'Y A PLUS PERSONNE. Tu te jettes rapidement sur la porte d'entrée, **BANG!**

«Elle est verrouillée, constates-tu en soupirant. Dites-moi que je me trompe, ILS NOUS ONT OUBLIÉS ET ENFERMÉS DANS LE MUSÉE!»

Rendez-vous maintenant au numéro 5.

2

La galerie dans laquelle sont exposés les trésors de l'ancienne Égypte est IMMENSE... À l'entrée, la grande statue immobile du dieu Anubis semble attendre de pied ferme, comme elle le faisait il y a 5000 ans, les pilleurs de trésors. Une torche allumée fait vaciller son regard cruel.

Au centre de la galerie se trouve la pyramide noire du Pharaon Dhéb-ile. Elle a été transportée, bloc de pierre par bloc de pierre, et reconstruite ici

minutieusement et dans les moindres détails. Devant vous, un chemin de sable vous invite à pénétrer dans la pénombre même de la pyramide.

«NON! s'oppose Marjorie en te voyant t'y diriger. Rappelle-toi ce que Madame Duguay nous a dit ce matin : cette pyramide est une vraie souricière, on pourrait se perdre dans le dédale de couloirs sombres. Il faut plutôt aller de ce côté, précise-t-elle en pointant du doigt le mastaba des soldats du pharaon...

— LE MASTABA! répliques-tu. T'es folle de naissance ou t'as pris des cours? Cet endroit est plein de squelettes puants.

— Peut-être que Marjorie a raison, reprend Jean-Christophe. C'est une grande pyramide, on pourrait s'y perdre...»

Contente que son frère soit du même avis qu'elle, Marjorie te fait une grimace et te tire la langue...

«J'ai compris, lui dis-tu. Nous allons jouer une partie de "roche, papier, ciseaux". Nous irons du côté de celui qui gagnera.»

Pour jouer, tu dois TOURNER LES PAGES DU DESTIN, deux fois. La première fois pour Marjorie, la seconde fois pour toi.

Si Marjorie remporte la partie, vous passerez par le mastaba en vous rendant au numéro 47.

Si c'est toi qui gagnes, vous passerez, comme tu le désires, par la pyramide qui se trouve au numéro 17.

3

D'un coup de karaté, **SWOUCH!** tu brises et écartes de votre chemin les toiles d'araignées.

«OUACHE!» fais-tu, la main couverte de fils gluants.

Vous entrez... Grande salle sombre, étagères poussiéreuses, statues égyptiennes brisées et entreposées pêle-mêle, morceaux de vieux vases sur le plancher... Tu le vois assez vite, tout ce bazar signifie que vous êtes tombés sur la tristement célèbre «SALLE VII» du musée. Tristement célèbre, car selon d'étranges rumeurs qui circulent dans le quartier Outremonstre, cette salle serait habitée par une sorte d'animal fantôme venu du passé.

«Ça n'arrive qu'à nous, ce genre de chose, se lamente Marjorie en reconnaissant elle aussi l'endroit. Avec toutes ces malchances, je crois que nous devrions troquer le nom de la bande des Téméraires de l'horreur pour celui des «rois de la guigne».

D'accord avec ton amie, tu hausses les épaules et tu lui laisses entendre un soupir d'approbation.

«Il y a au moins une chose que j'aurai apprise aujourd'hui, ajoute Jean-Christophe ; c'est qu'il ne faut pas quitter d'une semelle le prof pendant les sorties de l'école...»

Vous progressez petit à petit à travers tout un bric-à-brac d'objets d'art. Devant toi, une statue brisée au visage de chacal a le buste penché vers l'avant. C'est Anubis, le dieu des morts de l'Égypte ancienne. En passant sous son visage de granit, tu ne peux retenir un frisson qui te parcourt l'échine.

Au centre de la salle, un projecteur rouge met en évidence la statue d'un vautour géant.

«C'est le vautour Nékhabi, l'oiseau de la mort du dieu Anubis, raconte Jean-Christophe. Il était chargé d'emmener dans les cimetières antiques le corps des défunts. Un jour, le vautour est devenu fou furieux et emporta à la nécropole une petite fille encore vivante. La légende raconte qu'il fut puni par Khonsou, le dieu de la lune, qui l'attacha avec une grosse chaîne sur un bloc de calcaire afin de l'empêcher de s'envoler. Ensuite, il le changea... EN PIERRE.»

Approchez-vous de la statue, elle se trouve au numéro 55.

4

Vous commencez à descendre une à une les marches de pierre reluisante de cet escalier qui semblent vouloir s'étirer jusqu'à l'infini. «C'est un miracle que les murs tiennent encore debout, remarques-tu, avec cette pourriture qui les ronge...»

Après quelques minutes, tu t'habitues finalement à l'odeur infecte. Marjorie, par contre, se pince toujours le nez avec ses doigts.

«POUAH! que cet endroit est dégoûtant», fait-elle, accrochée à ton bras pour ne pas glisser.

Finalement arrivé tout en bas, tu poses les yeux sur ce qui reste des douves. Le grand fossé rempli d'eau qui protégeait autrefois le château des armées d'invasions n'est plus qu'un long marais transpercé de quenouilles mortes et parsemé de nénuphars.

Sur la rive, un petit objet blanc attire votre attention : Jean-Christophe le ramasse...

«C'est une dent! constate-t-il. Une dent de...»

CLAC! le bruit d'une mâchoire qui se ferme l'interrompt.

«...DE CROCODILE! cries-tu en apercevant le gros reptile caché dans l'ombre. PLONGEZ VITE DANS L'EAU!

— T'as le cerveau qui disjoncte! proteste Marjorie. Cette eau est sale, on risque de se retrouver avec toutes sortes de maladies!»

Le crocodile fait à nouveau claquer sa mâchoire **CLAC!**

«ALLEZ PLONGE! lui commandes-tu. Tu préfères te faire bouffer?»

METTEZ TOUTE LA GOMME ET NAGEZ JUSQU'AU NUMÉRO 8.

5

Non, tu ne te trompes pas, on vous a bel et bien enfermés dans le musée. Qu'allez-vous faire maintenant? Tout est contrôlé électroniquement : de l'éclairage jusqu'au branchement des lignes téléphoniques, en passant par le verrouillage automatique des portes. Il n'y a pas moyen de sortir ou d'appeler pour avoir de l'aide...

«Tonnerre de tonnerre, nous voilà avec un sérieux problème sur les bras, s'exclame Jean-Christophe.

— Il faut trouver le panneau de contrôle, suggère Marjorie. Il doit sûrement y avoir une salle de commande, une sorte de pièce dans laquelle on trouvera l'ordinateur central de la sécurité de l'édifice. Il nous suffit de trouver cet ordinateur. Là, nous réussirons peut-être à rebrancher le téléphone.

— Il y a des jours où tu fais preuve d'un soupçon de génie», la complimente son frère.

Tu jettes un coup d'oeil rapide aux alentours. Au-dessus d'une porte à deux battants, tu remarques une pancarte qui indique : ATELIER DE RESTAURATION, VISITEURS INTERDITS. De la tête, tu leur fais signe de te suivre. Doucement, tu pousses sur cette porte qui s'ouvre sur un long couloir sombre et disons-le... LUGUBRE.

«Allons-y quand même», s'exclame Jean-Christophe.

Prudemment, vous marchez jusqu'à l'atelier de restauration. Là, vous découvrez une grande pièce bourrée d'appareils étranges. À côté d'un grand bac où bouillonne un drôle de liquide violet, il y a, posé sur une table, le mystérieux papyrus trouvé tout près de la momie du pharaon Dhéb-ile. À côté du vieux papyrus, il y a un carnet. Tu le prends...

«C'est le carnet de notes des égyptologues. Ils ont finalement réussi à déchiffrer une partie des hiéroglyphes, remarques-tu en lisant les premières lignes.

— LAISSE CE CARNET! gronde Marjorie. Ça ne nous concerne pas, allons plutôt chercher cet ordinateur...

— C'est ce que tu crois! Eh bien écoutez ça : un simple regard porté sur les trésors égyptiens de la crypte de Karnak attirera sur les profanateurs la vengeance du pharaon Dhéb-ile. Sa momie, tirée de son sommeil éternel, traversera le royaume des morts pour exécuter le terrible châtiment tous les 1000 ans à compter de...»

Immédiatement, un frisson te traverse le dos.

«Oh non! t'exclames-tu. Si cette légende est véridique, la momie du musée revient à la vie tous les

1000 ans et si je fais rapidement le calcul... ÇA TOMBE PILE CE SOIR!

— Nous de-devons à tout prix re-remettre les lignes téléphoniques en fon-fonction, bafouille Marjorie, et au plus vite. Il faut trouver coûte que coûte l'ordinateur central si nous ne voulons pas finir entre les griffes de cette momie.

— Et moi qui trouvais ma vie un peu ennuyeuse avant de vous rencontrer», leur dis-tu en les suivant dans le corridor.

Plus loin, un grand plan du musée appliqué sur un mur vous arrête dans votre course. Malheureusement, il ne fait aucunement mention de l'endroit où pourrait se trouver cet ordinateur central.

Allez examiner ce plan au numéro 10.

6

Oui! tu as raison, ces monstres qui vous regardent d'une façon bien goulue ont réussi à sortir du tableau. Mais, pour le moment, il n'y a que toi qui s'en est aperçu...

Alors tu te pinces la joue afin d'avertir Jean-Christophe et Marjorie. Pour les Téméraires de l'horreur, c'est une façon discrète d'avertir tes amis d'un danger imminent. Message reçu, te répondent-ils en se pinçant la joue à leur tour.

Vous reculez tous les trois, mine de rien,

jusqu'au fond de la galerie. Un bruit furieux survient lorsque les quatre monstres s'élancent à votre poursuite.

BRRROOOUUUMMM!

«C'EST PAS LE TEMPS DE MOISIR ICI! cries-tu. Il faut se séparer avant qu'ils ne nous atteignent! TOUT DE SUITE!»

Vous inspirez un bon coup, puis vous vous mettez à courir à toutes jambes dans tous les sens. Poussés par la crainte d'être attrapés par ces monstres assoiffés de sang, vous zigzaguez follement dans la salle. Quelques minutes passent, puis, tout étourdis par votre chorégraphie déconcertante, vos quatre poursuivants s'arrêtent au beau milieu de la salle puis s'effondrent inconscients sur le sol.

OUF! Reprends ton souffle, et ensuite *tourne ces pages jusqu'au numéro 18.*

7

Le temps presse. Vous vous précipitez vers les salles abandonnées. Dans le corridor, tu te sens épié, surveillé. C'est peut-être à cause de toutes ces fenêtres qui ressemblent à des grands yeux. Un peu plus loin,

une affiche rouillée placée sur une colonne annonce : GALERIES ABANDONNÉES...

À la vue des dizaines de chauves-souris poilues perchées au plafond, Marjorie pousse un cri, AAAAHHHHH! qui te fait sursauter.

Plus loin encore, vous traversez une petite passerelle surplombant un petit bassin qui faisait autrefois partie du décor. Maintenant, ce n'est plus qu'une mare d'eau morte de couleur verte.

«À en juger par les ossements tout autour, remarque Jean-Christophe, les poissons rouges qui ont été oubliés ici sont devenus carnivores avec le temps!»

Tu ravales avec peine, car tu sais que le danger vous guette.

Arrivés de l'autre côté, vous êtes accueillis par une grande voûte de pierres surplombant deux grandes portes. La première a une serrure toute rouillée. La deuxième a été arrachée de ses gonds et en plus elle montre des traces... DE GRIFFES!

Il serait beaucoup moins dangereux pour vous de passer par la première porte, mais est-elle verrouillée? Pour le savoir, TOURNE LES PAGES DU DESTIN.

Si elle n'est pas verrouillée, tourne la poignée et entrez par le numéro 13.

Si, par contre, elle est verrouillée, quel malheur! Vous devrez passer par celle qui a été défoncée par un quelconque monstre. Elle se trouve au numéro 20.

8

Le crocodile sort de la pénombre et se laisse glisser sur son gros ventre afin de s'enfoncer sous l'eau. Vous vous mettez aussitôt à nager comme des fous. Les yeux écarquillés du reptile percent la surface du marais pas très loin derrière vous.

«PLUS VITE! PLUS VITE!» crie Jean-Christophe en accélérant la cadence.

Le dangereux crocodile se rapproche et nage maintenant dans ton sillage... Tes bras commencent vraiment à te faire mal.

Plus loin, ça se gâte encore plus. Deux autres crocodiles qui étaient juchés sur un îlot de débris, plongent dans l'eau glauque et partent eux aussi à la quête d'une petite collation : VOUS!

Vous nagez le plus vite possible jusqu'à l'autre côté du marais. Là, à bout de souffle, vous sortez péniblement de l'eau et montez en catastrophe quelques marches pour finalement aboutir à l'entrepôt du musée. Un tas de grosses caisses en bois vous barrent la route. L'une d'elles est ouverte, tu remarques qu'elle est remplie de masques funéraires représentant les divinités égyptiennes. Tu te rappelles tout à coup avoir lu dans un livre d'histoire que, dans l'ancienne Égypte, les redoutables crocodiles du Nil ne

IEU ANUBIS...

enser : Peut-être que si je du dieu Anubis, je pourrais réussir ayer! Ça vaut la peine d'essayer. Mais lequel ces masques est-ce?

Regarde cette illustration, et rends-toi ensuite au numéro inscrit sous le masque que tu crois être celui d'Anubis...

9

La porte de la biblio est verrouillée.

Vous rassemblez donc tout ce qui vous reste de courage et vous vous engouffrez dans l'ouverture du passage secret. Tout de suite, un courant d'air te fouette le visage. Il transporte avec lui une odeur âcre qui te fait toussoter. **KOUF! KOUF!** Plus loin, tu te rends compte qu'en plus des ossements qui gisent pêle-mêle un peu partout, du sang a volé sur les murs. Cet endroit a été le théâtre de quelque chose de vraiment grave.

En contournant un tas d'os polis, vous remarquez une grosse silhouette endormie dans la partie la plus éloignée de la pièce. À pas de loup, vous vous approchez.

«Mais qu'est-ce que ce gros machin gluant et parsemé de poils? demande Marjorie à voix basse.

— EURK! sur une échelle de 0 à 10, murmures-tu, je donne une note de 12 à cette horreur...

— C'est un ver géant du Sahara! répond Jean-Christophe. Cette bête monstrueuse et toute gluante était l'animal favori du pharaon Dhéb-ile. Un simple toucher de cet être visqueux, et on se retrouvera avec plein de bobos, précise-t-il. Il faut sortir d'ici avant que ce gros monstre ne se réveille.»

Il n'y a donc pas une minute à perdre. Vous vous dirigez sans attendre vers une porte. Tout près, il y a un squelette appuyé sur le mur.

«C'est le cadavre du gardien disparu depuis des années, chuchote Marjorie. Même s'il n'en reste pas grand chose, je le reconnais par son képi et son uniforme.»

Tu tournes la poignée dans un sens puis dans l'autre. La porte ne s'ouvre pas, ELLE EST VERROUILLÉE! Tu réfléchis quelques secondes...

«Fouillons le squelette du gardien, leur dis-tu. Il doit certainement avoir sur lui le passe-partout du musée, cette fameuse clé qui ouvre toutes les serrures.»

Maîtrise ta peur et rends-toi ensuite au numéro 12.

10

L'ordinateur central de la sécurité du musée doit certainement se trouver à l'un de ces endroits. Rendez-vous ensuite au numéro où vous croyez qu'il se trouve. Est-ce dans :

... la grande galerie des trésors de l'ancienne Égypte au numéro 2?

... les salles fermées et abandonnées au numéro 7?

... le donjon et les douves de l'ancien château au numéro 26?

... les pavillons des peintures très étranges au numéro 29?

... la rotonde de la bibliothèque au numéro 36?

Pense vite! car le temps presse...

11

L'oeil placé dans l'ouverture, tu arpentes du regard les rues à la recherche d'un passant, mais il n'y a personne. Tu décides d'essayer de crier comme un beau diable dans la fente de la meurtrière : «À L'AIDE! S'IL VOUS PLAÎT QUE QUELQU'UN PRÉVIENNE LA POLICE! IOU-OUUUUU! NOUS SOMMES ENFERMÉS DANS LE MUSÉE!»

Pour toute réponse, tu n'entends que des furieux battements d'ailes...

FLOP! FLOP! FLOP!

Tes cris n'ont fait qu'alarmer une nuée de chauves-souris qui étaient cachées entre les merlons du donjon.

FLOP! FLOP!

Une après l'autre, elles entrent dans le donjon en pointant vers vous leurs dents coupantes, longues et pointues. Il n'y a aucun doute, CES CHAUVES-SOURIS VAMPIRES ONT SOIF!

Tu cherches tout autour s'il n'y aurait pas de l'ail ou une croix ou quelque chose d'autre qui pourrait les éloigner, mais il n'y a rien. Désespéré, tu fais une ultime tentative : tu croises les doigts devant les chauves-souris de façon à former une croix. Mais ça ne marche pas, les petits vampires volants

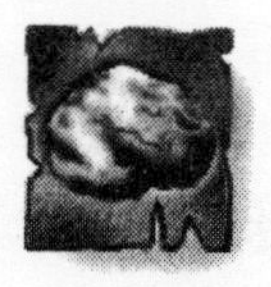   

ARRIVENT DROIT SUR VOUS!

Ce soir, les Téméraires de l'horreur vont en voir de toutes les couleurs... surtout du ROUGE.

FIN

12

Tu te penches sur le cadavre.

«Plus dégoûtant que ça, tu meurs!» te dit Marjorie avec un sourire forcé.

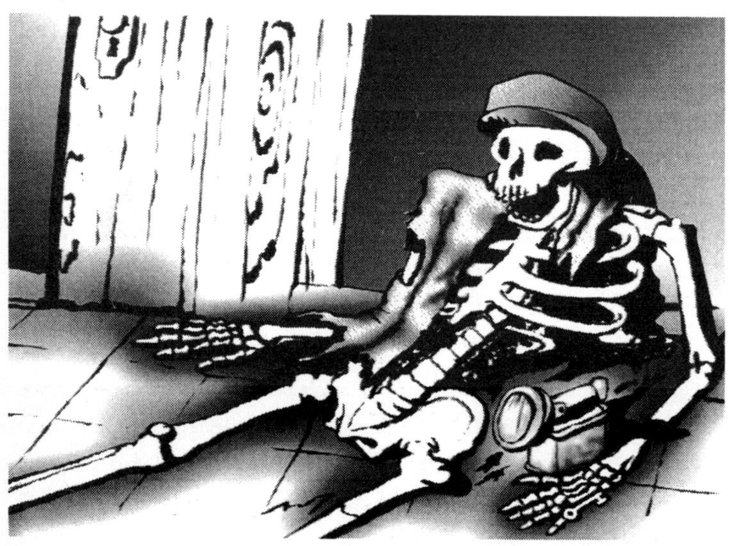

Il te faut absolument trouver la clé. Cherche bien dans cette illustration : si tu la trouves, fuis au numéro 28. Par contre, si tu ne la trouves pas, rends-toi au numéro 64. VITE! Le gros ver monstrueux est sur le point de se réveiller...

13

La grande porte en bois cloutée s'ouvre assez facilement. Une fois à l'intérieur de la galerie, vous remarquez tout de suite sur le plancher un morceau de tissu jaune et taché. Tu le ramasses...

«Il n'y a pas de doute», dis-tu en leur montrant le tissu, C'EST UNE BANDELETTE!

Comme tu sais, il n'y a pas de bandelette sans momie. Alors tu laisses tomber la pièce de vieux tissu et vous vous catapultez vers la sortie. Mais **BANG!** LA PORTE SE REFERME...

«Qui a fermé la porte? te demande Marjorie, tout apeurée.

— Je n'en ai aucune idée, lui réponds-tu. Tout ce que je sais, c'est qu'elle est maintenant verrouillée», lui annonces-tu après avoir tourné la poignée dans tous les sens.

Vous vous regardez tous les trois comme pour vous dire adieu, puis vous sondez du regard les moindres recoins sombres de la galerie. Des caisses vides, de vieux tableaux déchirés, des tas de cochonneries et... UN SARCOPHAGE!

«Ce vieux tas de guenilles est certainement couché dans ce sarcophage? murmure Marjorie. Il y a des bandelettes qui dépassent...

— Il faut trouver une façon de sortir d'ici avant que la momie ne se réveille, proposes-tu à Jean-Christophe. Nous pourrions passer par ce soupirail dans le plancher, mais il est malheureusement trop profond et nous n'avons pas de corde...

— Attendez! J'ai peut-être la solution, s'exclame-t-il, suivez moi jusqu'au numéro 88.»

14

Le petit coffret s'ouvre, mais tu fermes les yeux parce que, maintenant, tu ne sais plus trop si tu devrais regarder dedans.

Alors qu'enfin tu te décides à y jeter un coup d'oeil, un cri à faire dresser les cheveux t'arrête : YOOOOUUUU! Puis une silhouette vêtue d'une robe rouge vaporeuse et portant une bougie allumée avance vers vous comme si elle flottait au-dessus du plancher.

C'EST LA REVENANTE DU MUSÉE!

Jean-Christophe et Marjorie filent se cacher derrière un tas de vieux meubles. Toi, tu restes là, les jambes comme du coton et paralysé de peur...

L'étrange apparition tend son bras translucide vers toi...

Découvre la suite au numéro 31.

15

«Attends avant de presser sur ce bouton! t'avertit Marjorie, ce n'est peut-être pas un passage secret...

— Qu'est-ce que tu penses? Tu crois que c'est une gigantesque distributrice de gommes à mâcher? se moque Jean-Christophe. Regarde bien, petite nouille», lui lance-t-il en donnant un coup de poing sur le bouton.

SCHHHHH! Sur le socle de la statue, une petite porte s'ouvre.

Insultée, Marjorie expédie une petite taloche derrière la tête de son frère. **PAF!**

«Tu sais que je n'aime pas que l'on m'appelle comme ça! grogne-t-elle. Ce... n'est...»

Le cri du vautour étouffe ses mots.

AAAAAOOOOOORR!

L'affreux volatile tourne sa tête monstrueuse vers vous. Ses yeux rouges de rage vous fixent du haut de la statue. Est-ce le «SCHHHHH!» de la porte qui l'a alerté ou le «PAF!» de la taloche que Marjorie a donnée à son frère? Ce n'est plus vraiment important, puisque maintenant... IL VOUS ATTAQUE!

*Pour savoir si Nekhabi le vautour va vous attraper, **TOURNE LES PAGES DU DESTIN.***

S'il vous attrape, allez au numéro 63.
Si vous avez réussi à vous enfuir, décampez jusqu'au numéro 53.

16

Vous arrivez tout essoufflés dans une vaste et macabre caverne. Des ossements éparpillés un peu partout jonchent le sol. Dans un coin, il y a un gros trou garni de branchages et de pailles. On dirait le lit d'un animal quelconque. Tout autour, une série d'empreintes confirment qu'une bête féroce et sans doute affamée habite ce lieu.

Tout près, une grosse chaîne pend de la paroi, ancrée dans la roche...

«J'ai lu dans *L'Encyclopédie noire de l'épouvante* qu'il n'y avait qu'une créature capable de briser des maillons de chaîne aussi énormes, raconte Jean-Christophe. Il n'y a que GIZA, LE SPHINX, le plus terrifiant monstre de l'Antiquité...»

Le silence inquiétant est tout à coup brisé par une voix d'outre-tombe qui se rapproche et qui crie : «QUI A OSÉ PROFANER MA DEMEURE?»

Pris de panique, tu cherches une cachette. Marjorie, qui gardait ses yeux rivés sur l'entrée de la caverne, s'agrippe à ton gilet. Vous reculez tous les trois, puis vous tombez dans la couche du monstre.

Empêtré dans la paille, tu as peine à te relever. Finalement, tu réussis à sortir la tête du trou...

Le monstre fait son apparition et vous fait sursauter d'effroi. Il s'agit bien de Giza, le premier «monstre-mutant» que la Terre ait connu. Depuis 4500 ans, il n'a rien perdu de son appétit gargantuesque. Ce lion à tête humaine et à la bouche répugnante grogne, GRRRROOOOUW! et vous cherche... VOUS VERRA-T-IL?

Pour savoir si ce monstre va vous voir, TOURNE LES PAGES DU DESTIN.

S'il vous a vus, tous les trois cachés dans son lit de paille, allez au numéro 43.

Par contre, s'il ne vous a pas vus, la suite de votre aventure se trouve au numéro 90.

17

La pyramide noire du Pharaon Dhéb-ile ressemble à un volcan impétueux sur le point de faire éruption. Vous avancez timidement vers l'entrée du grand tombeau. Marjorie, qui a perdu au jeu de «roche, papier, ciseaux», bougonne loin derrière vous, car comme tu sais, Madame n'aime pas perdre.

«Quel jeu stupide», se lamente-t-elle en donnant des coups de pieds dans le sable.

Un cobra serpente sur le sol et traverse le chemin tout près d'elle... **SHHHHH!**

«OUAH!» crie-t-elle en courant vous rejoindre.

Tu te tournes vers l'entrée pour t'apercevoir que pour ouvrir la grande porte de calcaire, il vous faudra tout d'abord déchiffrer les hiéroglyphes. Tu t'agenouilles devant les symboles. Un autre cobra apparaît **SHHHH!** et file aussitôt dans l'ombre de la pyramide.

Plusieurs autres de ces serpents venimeux semblent vous tourner autour... **SHHHH! SHHHH! SHHHH!**

Ça se gâte! Précipitez-vous au numéro 25.

18

«Salut les monstres! À un de ces quatre...», s'exclame

Marjorie, heureuse de quitter la galerie des tableaux étranges. Elle qui était tantôt blanche comme un drap commence à retrouver ses couleurs.

«Où sommes-nous maintenant? demande Jean-Christophe. C'est quoi cette espèce de long corridor qui monte en pente?

— Je n'en ai aucune idée, lui réponds-tu. De toute façon, où que nous soyons rendus, ça ne peut pas être plus dangereux que cette galerie pleine de monstres débiles...

— Moi je n'en suis pas aussi sûr, fait-il. REGARDE!...»

À l'extrémité la plus élevée du corridor trône un colossal lion de granit au regard cruel. Monté sur des roues de bois, il semble attendre l'instant propice afin

de s'élancer et d'écraser quiconque oserait s'aventurer au-delà de ce passage. Le sol, lui, est constitué d'une série de dalles en pierre ; chacune d'elles porte une lettre.

«SAPRISTI! s'exclame Jean-Christophe. C'est "LE COULOIR DE LA COLÈRE DIVINE".

— Le mouchoir de qui? demande Marjorie, tout hébétée.

— Pas le mouchoir, le cooouuuuloir de la colère divine, reprend-il. C'est une réplique du couloir de la colère divine qui a été trouvé dans le fameux temple de Karnak, en Égypte. D'après ce que je peux voir, ce piège infernal semble fonctionner réellement, ajoute-t-il en se tenant la tête entre les mains.

— Il vaudrait peut-être mieux retourner en arrière, suggères-tu. Passer par ce couloir me semble vraiment très risqué...

— C'est trop tard! te dit Jean-Christophe, car tu as posé le pied sans t'en rendre compte sur la première dalle. Maintenant, si nous voulons sortir d'ici vivants, nous devons franchir le couloir en mettant les pieds sur les autres dalles de façon à épeler correctement le nom du pharaon jusqu'à la sortie. C'est la seule façon de sortir d'ici vivant maintenant. Une seule faute, et le mécanisme libérera le lion de pierre et nous serons écrabouillés...»

T'en rappelles-tu? Si tu crois que le nom du pharaon s'écrit DHÉB-ILE, rends-toi au numéro 39. Si tu penses qu'il s'écrit DÉHB-ILE, va au numéro 58.

19

À pas prudents, tu t'approches d'un petit sarcophage, qui porte en effet le sceau royal de la reine. Maintenant, c'est sûr, ils contiennent vraiment des matous-momies. Vous reculez sur la pointe des pieds, car dans ce tas de sarcophages, il y a certainement un chat à qui il reste encore quelques-unes de ses neuf vies.

Un grincement se fait tout à coup entendre : CRIIIIIII! Comme tu le craignais, un des petits sarcophages vient de s'ouvrir, et un énorme chat enroulé dans des bandelettes bondit avec un miaulement caverneux... MIAUUUUUUU! Le dos courbé, les griffes bien ancrées dans le sol, il se prépare à se jeter sur vous...

Ton coeur bat très fort dans ta poitrine. Du coin de l'oeil, tu aperçois la sortie de la chambre mortuaire. Allez-vous avoir le temps de fuir avant qu'il ne vous attrape?

Pour le savoir, TOURNE LES PAGES DU DESTIN.

S'il t'attrape, esquisse un signe de croix et rends-toi ensuite au numéro 40.

Si, par chance, vous avez réussi à vous enfuir, courez jusqu'au numéro 76.

20

Suivi de tes amis, tu t'enfonces dans cette grande galerie plutôt sombre. Les néons clignotent et répandent sporadiquement leur lumière comme le fait un stroboscope. Partout, de grands vases chinois, des statues de granit et des peintures empilées pêle-mêle rendent pénible la traversée de la salle.

«Si ma mère voyait ce fourbi, lance Jean-Christophe, elle dirait que ça ressemble en tous points au contenu des tiroirs de ma commode.»

Tu essaies d'oublier ton anxiété, mais c'est impossible : ces reliques poussiéreuses te donnent la chair de poule. Dans un coin, deux rats affamés ont entrepris de calmer leur appétit en grignotant un vieux gâteau tombé d'un distributeur de friandises.

Jean-Christophe jette toute sa monnaie dans la machine, **CLING! CLING! CLING!** et tire une des poignées. Une multitude d'araignées dégringolent dans le réceptacle des friandises et partent dans toutes les directions...

«BEURK! fait-il...

— Tu as encore faim?» lui demande sa soeur en bougeant les mains pour imiter les pattes d'une araignée.

Poursuivez votre chemin jusqu'au numéro 82.

21

Comme tu sais, le musée est constitué de très vieux édifices réunis les uns aux autres par une série de longs passages et d'escaliers. La galerie dans laquelle vous vous trouvez ressemble à une grande baraque délabrée et disjointe. C'est à se demander si ce ne sont pas les tableaux accrochés aux murs qui empêchent le tout de s'effondrer.

«Ils sont vraiment curieux, ces tableaux, soulignes-tu. Les formes et les couleurs changent au fur et à mesure qu'on s'en approche.

— Personne ne sait vraiment qui les a peints, mentionne Jean-Christophe. On raconte qu'au XVIIIe siècle un esprit malin aurait rapporté ces tableaux de la ville de Pandémonium, la capitale de l'enfer, pour effrayer les vivants.

— Eh bien, moi, je suis vivante et je n'ai pas peur du tout, grommelle Marjorie, le nez collé sur le tableau comme pour le narguer.

— PETITE SOTTE! lui cries-tu. Et si c'était vrai, cette histoire? Nous avons bien assez d'ennuis comme ça, on n'a pas besoin que tu en rajoutes...»

Vous poursuivez votre route, jetant de temps à autre un coup d'oeil craintif aux tableaux qui se trouvent autour de vous. Sur l'un d'eux, un visage semble apparaître et disparaître. Un peu plus loin, sur un autre, il y a un chat noir assis sur un crâne humain.

Ses yeux brillent tellement dans l'obscurité qu'on dirait des petites lumières vertes qui lancent des étincelles.

Tout près, il y a un étrange tableau ovale. Tu t'approches pour te rendre compte que... C'EST TON PORTRAIT! Mais non, ce n'est qu'un miroir fracassé qui te renvoie ton reflet, constates-tu finalement... OUF!

Vous êtes sur le point de quitter la galerie des peintures lorsqu'un hurlement terrifiant se fait entendre. OOOOOOUUUUU!

Ça semble provenir du tableau qui se trouve au numéro 30.

22

L'énorme créature se glisse mollement vers toi. Sa bouche s'ouvre, à travers ses babines gluantes de bave, tu peux apercevoir tout au fond de son estomac... LE SQUELETTE DE SA DERNIÈRE VICTIME. BEURK! ce monstre est vraiment insatiable.

Comme des fous, vous vous élancez dans un autre corridor qui s'assombrit malheureusement. Plus loin, ça se gâte encore plus, car vous êtes tout à coup envahis par un curieux brouillard. Ton coeur fait de terribles bonds dans ta poitrine.

«Je n'y vois plus rien! se plaint Marjorie, qui te cherche à tâtons.

— Je suis là! fais-tu en lui touchant l'épaule.

— Il faut rester ensemble», conseille Jean-Christophe, les bras dressés pour avancer dans le brouillard.

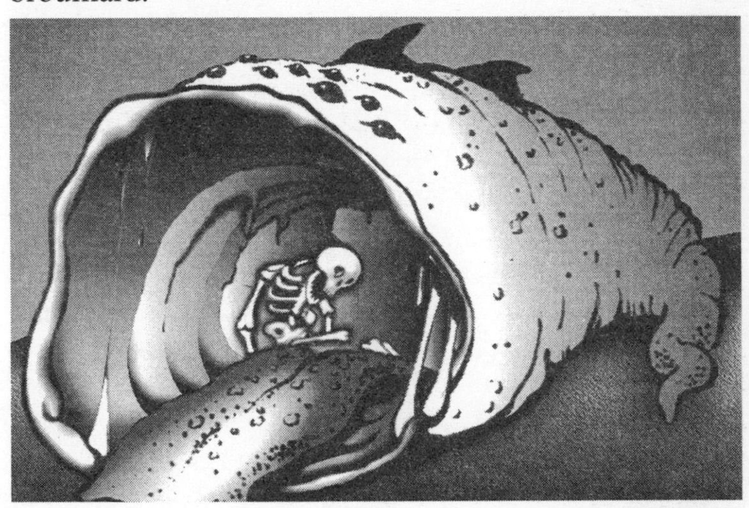

Un bruit de frottement se rapproche. FRRRR! FRRRR!... C'EST LA BÊTE!

Vous vous regardez tous les trois. Ce ver affamé va-t-il vous attraper? TOURNE LES PAGES DU DESTIN.

Si vous avez réussi à fuir ce gros monstre mou, partez tout de suite vers le numéro 84.

Mais si, par malheur, il vous a attrapés, fais ta prière et rends-toi au numéro 80.

23

Jean-Christophe tourne un regard méfiant vers toi...

«ATTENDS UN PEU! crie-t-il en s'étirant le cou pour voir le plat recto du livre. Je m'en doutais, reprend-il en te poussant le bras. C'est le livre des morts. Tu y touches et t'es mort, c'est simple comme bonjour, ou comme adieu si tu préfères...

— C'est quoi encore cette trouvaille? questionne Marjorie. Un livre à colorier pour morts-vivants?

— Toi, tu tournes tout ce que je dis en ridicule, grogne son frère. C'est le livre qui accompagne les momies égyptiennes et qui les guide dans l'autre monde vers le couloir des deux vérités. Là, si la sagesse du mort pesait plus lourd qu'une des plumes du vautour Nékhabi, on accordait à la momie le passage à la vie éternelle.

— Si ce que tu nous racontes est vrai, conclus-tu, le pharaon Dhéb-ile devait être vraiment le "super vilain" de l'ancienne Égypte puisque les dieux ne lui ont pas accordé le droit à l'éternité.

— Ouais! c'est cela, dit Jean-Christophe, alors tu comprends maintenant pourquoi il faut ficher le camp au plus vite.»

Vous vous dirigez sans plus tarder vers un escalier en colimaçon. Vous arrivez au troisième étage de la bibliothèque, et un froissement de tissu se fait entendre. Tu tournes lentement la tête et tu aperçois du coin de l'oeil... LA MOMIE! Elle déambule en traînant ses jambes vieilles et raides... Pris de peur, tu sursautes, perds pieds et déboules les marches, entraînant tes amis dans une dégringolade qui vous ramène un étage plus bas. Étourdi, tu lèves les yeux vers le haut de l'escalier...

Est-ce que la momie vous a vus? Pour le savoir, TOURNE LES PAGES DU DESTIN.

Si par une chance inespérée, elle ne vous a pas vus, fuyez, bande de veinards, jusqu'au numéro 81.

Mais si elle vous a vus, allez découvrir la suite au numéro 51.

24

Oui, tu as raison, la chaîne qui retenait le vautour de pierre s'est brisée lorsqu'il a... BOUGÉ LA PATTE!

Par précaution, vous courez vous cacher tout de suite, derrière le socle d'une statue du dieu Osiris. Accroupis, vous attendez la suite, qui d'ailleurs ne se fait pas attendre. Aussitôt, la statue de Nekhabi ressuscite et se libère de sa prison de pierre. Ses plumes de calcaire gris passent tout à coup au noir. Ses ailes géantes frémissent, se déplient et s'étirent très haut dans les airs. Maintenant libre après 5000 ans, Nekhabi s'envole en poussant un rugissement qui fait vibrer le plancher.

GROOOOUUUUR!

«Sapristi! il est revenu à la vie!» chuchote Jean-Christophe, les yeux arrondis d'étonnement.

Après avoir fait le tour de la galerie, le vautour tourbillonne dans la salle. Des nuages de poussière vous aveuglent lorsqu'il vient se percher juste au-dessus de vous, sur l'épaule de la statue d'Osiris.

«Je crois que je, je, vais éternuer, murmure Marjorie. AAAHH!»

Jean-Christophe lui pince le nez.

Sur le socle de la statue, tu entrevois de la lumière dans une fissure. Tu t'y colles un oeil.

«On dirait un passage caché! découvres-tu. Il doit y avoir un mécanisme d'ouverture, il faut le trouver...»

Vous étudiez les bas-reliefs au motif de crocodiles sculptés sur le socle. Tu remarques que l'oeil d'un des reptiles ressemble étrangement à un bouton d'ascenseur.

Respire très profondément et rends-toi ensuite au numéro 15.

25

«Ça ne sera pas du gâteau de déchiffrer ces symboles, soupires-tu, avec tous ces cobras qui rôdent...

— Débrouille-toi comme tu veux, mais ouvre cette fichue porte, te conseille Jean-Christophe. Marjorie et moi, nous gardons l'oeil sur ces serpents.»

Tendu, tu regardes la fresque peinte sur la porte. Des scarabées, des yeux, quelques faucons, des signes bizarres... Que peut bien signifier tout cela? te demandes-tu. Il y a certainement quelque chose de caché dans ces symboles...

En effet! Observe bien cette illustration : elle te révélera le numéro auquel tu dois te rendre afin d'entrer dans la pyramide. Par contre, si tu ne parviens pas à le décoder, garde ton sang-froid et rends-toi au numéro 37.

26

Vous arrivez dans une grande pièce surplombée par une haute voûte et traversée par d'innombrables fils d'araignées. Cette partie du musée a été construite,

comme les vieux murs de pierre en témoignent, avec les vestiges d'un château datant d'une époque très lointaine. Le donjon, les douves et ces murs qui vous entourent sont à peu près tout ce qui reste de l'ancienne construction.

À droite, il y a une porte en chêne tachée de sang noirci. Elle conduit au donjon.

À gauche, un escalier de pierre grossièrement taillée descend jusqu'aux douves. Une odeur épouvantable d'eau sale et de moisissure s'en dégage. C'est un monde de noirceur et une route aussi tortueuse que dangereuse.

Vous choisissez de passer par le donjon... Tu t'approches de la porte qui est peut-être verrouillée... Est-ce votre jour de chance?

Pour le savoir, TOURNE LES PAGES DU DESTIN.

Si elle s'ouvre, entrez dans le donjon par le numéro 35.
Mais si elle est verrouillée, vous devrez passer par les douves au numéro 4.

Vous détalez à toutes jambes. Le fantôme, devenu furieux, hurle de rage. WOOOOOUUUU! WOOOUUU! Ses cris résonnent sur les murs puis s'estompent au fur et à mesure que vous vous éloignez...

«Vous aviez raison tous les deux, vous accorde Jean-Christophe encore tout essoufflé, cet idiot de fantôme voulait nous conduire directement dans les griffes de la momie.

— On ne coince pas si facilement que ça les Téméraires de l'horreur, se vante Marjorie. Je vous le dis, elle n'est pas encore ressuscitée la momie qui réussira à nous capturer.

— Occupons-nous plutôt du fantôme, filons d'ici avant qu'il ne nous rattrape», leur dis-tu.

Vous foncez tous les trois vers l'extrémité du couloir. Au loin, des ombres minuscules se meuvent sur le sol : DES SCORPIONS! Vous arrêtez net...

«Ces scorpions ne sont pas sortis tout seuls de ce vivarium, conclut Jean-Christophe, quelqu'un a brisé la vitre. Probablement pour nous empêcher de continuer et ainsi nous faire changer de route.

— Eh bien, ça marche avec moi, lui dit sa soeur. On prend une autre direction. Je n'ai nullement envie de jouer à saute-mouton avec ces scorpions.

— Oui, saute-scorpion! s'exclame son frère. C'est une bonne idée. Ça pourrait mettre du "PIQUANT" dans notre aventure...

— T'es complètement fou, tu sais? lui lance-t-elle. Regarde, prenons plutôt ce corridor, il est moins sombre et il n'y a pas de bestioles dégoûtantes.»

Seul le bruit de vos talons se fait entendre tandis que vous vous dirigez vers le numéro 44.

28

«POUAH! fais-tu. C'est toujours moi qui se tape ce genre de corvée!»

Tu fermes les yeux et diriges ta main vers la clé. Lorsque tu la prends, des filets gluants s'étirent comme le fait le fromage d'une pointe de pizza. Tu glisses la clé doucement, une dent après l'autre, dans la serrure. Un quart de tour à droite, **CHLIC!** La porte s'ouvre. Tu essaies de retirer la clé. Impossible, elle est bloquée. Tu essaies encore...

«Laisse, intervient Jean-Christophe. Il faut sortir d'ici au plus vite.

— Ne sois pas stupide, IL NOUS FAUT CETTE CLÉ! insistes-tu, ce passe-partout va nous ouvrir la porte d'entrée du musée, et nous pourrons enfin sortir.»

Soudain, les yeux de Jean-Christophe s'agrandissent... Tu jettes un coup d'oeil en direction du ver. Le gros monstre s'est réveillé et te regarde des pieds à la tête avec ses huit petits yeux en se léchant les babines.

«SAUVE QUI PEUT!» crie Marjorie.

Vous vous empressez de sortir en laissant la clé derrière vous et en vous assurant de bien fermer la porte. Bien à l'écart dans le corridor, tu t'appuies sur le mur. Tandis que vous tentez de reprendre votre calme, **BLANG!** tu sursautes, une des planches atterrit tout à coup à tes pieds. LE MONSTRE TENTE DE DÉFONCER LA PORTE. **BLANG!** un autre coup de sa tête odieuse et tout s'écroule...

Pris de panique, vous courez vers le numéro 22.

29

Tu prends une grande respiration et, avec tes amis, tu entames l'ascension de l'escalier en colimaçon qui conduit aux pavillons des peintures étranges. Les marches de vieux bois craquent sous ton poids, **CRAC! CRAC!** Rendus au milieu, vous vous arrêtez. Marjorie se penche dangereusement dans le vide afin de vérifier le haut de l'escalier.

«Rien en vue! dit-elle, mais ce silence de mort me donne des frissons!»

Vous arrivez finalement en haut de l'escalier, qui débouche sur deux salles. Dans celle de droite, tu retrouves cette fameuse galerie où sont exposés ces tableaux étranges. Celle de gauche est sombre et, en plus, une famille de grosses araignées a élu domicile entre les pylones du portail de l'entrée. Il y a tellement de carcasses d'insectes morts agglutinées dans la toile

que tu peux difficilement voir ce que la galerie contient.

«À DROITE! suggère Marjorie, rappelez-vous la huitième règle de *L'Encyclopédie noire de l'épouvante* : un bon téméraire ne doit en aucun cas briser une toile d'araignée pour entrer dans un endroit, car ça pourrait lui porter malchance et attirer sur lui une foule de problèmes.

— Non mais, franchement, remets ton cerveau dans le bon sens! Crois-tu vraiment que l'on peut être plus malchanceux que ça? lui demandes-tu. Nous sommes tous les trois coincés ici, avec peut-être une vieille momie toute puante à nos trousses. Car il ne faut pas que tu l'oublies, nous avons nous aussi osé lever les yeux sur les trésors de karnak. Alors je ne crois pas ce que cela va changer si nous prenons celui de gauche.

— J'aimerais mieux passer par la galerie des tableaux, insiste-t-elle en fronçant les sourcils.

Et moi, je crois que nous devrions passer par celui qui est sombre, lui réponds-tu. Alors nous allons jouer une partie de "roche, papier, ciseaux" et nous irons du côté de celui qui remportera la partie.»

Pour jouer au jeu de "roche, papier, ciseaux", tu dois TOURNER LES PAGES DU DESTIN deux fois! Une première fois pour Marjorie et la seconde fois, pour toi.

Si Marjorie remporte la partie, vous devrez passer par la galerie des tableaux étranges en vous rendant au numéro 21.

Si c'est toi qui gagnes, vous passerez, comme tu le désires, par la sombre galerie dont l'entrée est remplie de toiles d'araignées, et qui se trouve au numéro 3.

30

Prudemment, vous avancez vers le tableau en question. Il représente quatre silhouettes aux mâchoires proéminentes garnies d'incisives. Observe-le bien et rends-toi ensuite au numéro 65.

31

... et s'empare du coffret!

Tu sens ta peau devenir blanche, tu recules en

titubant jusqu'au mur.

«Vooooouuus devez quitter le musée toooouuut de suite, vous dit la revenante après avoir remis sa répugnante langue dans sa bouche. Vooooouuus êtes en grand danger... Fuyez! Je sais que vous cherchez l'ordinateur central du musée. Allez du côté du pavillon des peintures et vous le trouverez. Prenez ce passage, ajoute-t-elle en ouvrant un conduit d'aération. ATTENTION À LA MOMIE!»

Devriez-vous faire confiance à cette revenante à la bouche, BEURK! pleine de sang?

Pourquoi pas? Tu te jettes dans le conduit d'aération. Tes amis te suivent, et vous glissez tous les trois vite, si vite que tu te fermes les yeux. Tes deux pieds heurtent une trappe et vous arrivez un à la suite de l'autre au numéro 10.

32

Vous franchissez en toute hâte le seuil de cette entrée magnifique. Devant vous, des colonnes sculptées de hiéroglyphes s'élancent très haut jusqu'au plafond de l'immense salle. Vous vous arrêtez tous les trois, frappés par l'incroyable chaleur qui y règne. Partout sur le sol, il y du sable qu'une légère brise soulève de temps à autre. Un scorpion qui était caché dans le sol fait son apparition et disparaît aussitôt sous un amoncellement de cailloux.

Tu réfléchis en te frottant le menton.

«C'est inouï! t'exclames-tu. Ils ont non seulement déménagé le temple sacré de la vallée du Nil, mais on dirait qu'ils ont carrément rapporté tout l'écosystème de l'Égypte : le vent, la chaleur, TOUT!»

Tandis que vous avancez dans cette forêt de colonnes en calcaire, une curieuse fumée verte envahit peu à peu les lieux.

SHHHHIIIIOOOOUUU!

«Je n'aime pas cela du tout, marmonne Jean-Christophe. Cet endroit cache un terrifiant secret : tout cela n'est pas normal...

— POUAH! ça pue, remarque tout à coup Marjorie. Ça sent le cadavre... LE CADAVRE VIEUX DE PLUSIEURS MILLIERS D'ANNÉES!»

Vous vous regardez tous les trois en vous pinçant la joue. En même temps, vous avez compris que cette odeur infecte ne peut signifier qu'une chose... C'EST LA MOMIE!

Du regard, tu fouilles entre les rangées de colonnes qui semblent s'étendre à l'infini... RIEN! Sur le sable, par contre, une multitude de petites traces suivent les ondulations du sable jusqu'à l'entrée de ce qui semble être un tombeau creusé à même un rocher.

Vous savez tous les trois que, dans ce tombeau, vous avez peu de chance de trouver l'ordinateur central. Mais pour vous, les Téméraires de l'horreur,

ce cauchemar a assez duré. Il est grand temps de prendre le taureau par les cornes, ou plutôt DE PRENDRE LA MOMIE PAR LES BANDELETTES...

Juste devant vous, au numéro 52, se trouve l'entrée de ce tombeau.

33

De toutes vos forces, vous réussissez à ouvrir le sarcophage.

«T'avais raison, te dit Marjorie, c'est un passage secret.

— POUAH! que ça sent mauvais! Tout dégoûté, Jean-Christophe se pince le nez. C'est sûr que je vais vomir si j'entre là-dedans.

— T'aimerais mieux te tirailler avec le vieux cadavre couvert de guenilles qui s'en vient? lui demandes-tu.

— Tout compte fait, reprend-il, je crois que je vais y entrer le premier...

Dans ce dédale de conduits étroits, il n'y a aucune signalisation. Il devient vite évident pour vous que ce réseau compliqué de chemins tortueux peut vous conduire n'importe où dans le musée. Au hasard, vous choisissez un corridor qui, par une chance incroyable... VOUS RAMÈNE FACE AU PLAN DU MUSÉE, loin de la momie.

Vous savez maintenant que l'ordinateur ne se trouve pas dans la rotonde de la bibliothèque. Retournez au numéro 10 et choisissez une autre route.

34

«Vous savez, vous n'êtes pas les premiers visiteurs perdus que je rencontre ce soir, vous dit-il en vous ouvrant une autre porte. **CHLIC!** Un peu plus tôt, j'ai aperçu une étrange silhouette pâle, tout emmitouflée dans des bandelettes. Elle se traînait les pieds du côté des pavillons des peintures.

— QUOI! t'écries-tu d'une voix étranglée.

— Qu'est-ce qu'il radote? te demande Marjorie.

— Il dit qu'il a vu un homme errer du côté des galeries des peintures, lui réponds-tu, un homme recouvert de bandelettes...

— DE BANDELETTES! réfléchit Marjorie. C'EST LA MOMIE! Elle est donc vraiment revenue à la vie... Oh là là! nous sommes vraiment dans le pétrin maintenant, reconnaît-elle.

— Euh, m'sieur Igor, demande Jean-Christophe au fantôme, et l'ordinateur, lui, où se trouve-t-il?

— Où il a toujours été, explique-t-il, tout près des galeries des peintures.»

Tu entraînes tes amis à l'écart.

«Je n'ai plus confiance en ce fantôme, leur dis-tu à voix basse. Que la momie et le processeur soient tous les deux dans les galeries des peintures me semble plutôt louche.

— T'as raison, concède Marjorie, le fantôme veut peut-être nous piéger...»

À pas feutrés, vous faites marche arrière, mais allez-vous pouvoir vous éclipser sans que le fantôme vous voie?

Pour le savoir, TOURNE LES PAGES DU DESTIN.

Si le fantôme ne vous a pas vus, fuyez en douce jusqu'au numéro 83.

Si, par malheur, il vous a vus, courez le plus vite possible vers le numéro 27.

35

Une fois que vous avez passé le seuil de la porte, **BANG!** elle se referme derrière vous. Tu tournes la poignée...

CHLIC! CHLIC!

«Nous sommes coincés! constates-tu, bouche bée.

— Tu crois que c'est un courant d'air qui a

fermé la porte? demande Marjorie d'une voix faible. Dis-moi que c'est un courant d'air, je t'en prie...

— C'est peut-...»

Les mots n'ont pas le temps de se former sur tes lèvres que vous entendez des bruits de pas...

«Nous ne sommes pas seuls, chuchote Marjorie, qu'est-ce qu'on va faire maintenant?

— Allons voir de qui ou de quoi il s'agit, riposte Jean-Christophe.

— T'es complètement fou», lui répond sa soeur, terrorisée.

En trois grandes enjambés, vous vous retrouvez en plein centre du donjon ; tu lèves la tête. La haute tour qui dominait l'ancien château est pleine de passages sombres où s'entremêlent de nombreux escaliers. C'est un des endroits les plus sinistres que tu aies jamais vus. Tu arpentes des yeux chacun des couloirs.

Dans un des escaliers, tu vois une lueur danser dans la pénombre. Ta gorge se noue, et c'est à peine si tu peux respirer. Une étrange silhouette lumineuse fait son apparition...

Le visage crispé par une effrayante grimace, tu te rends au numéro 60.

36

Vous vous précipitez vers la rotonde de la bibliothèque. Dans ce musée sinistre, les couloirs sont sombres et très inquiétants. Aucune personne sensée n'oserait y mettre les pieds lorsque la nuit tombe. Mais pour toi et tes amis qui êtes prisonniers entre ces murs, cette simple sortie au musée vient, bien malgré vous, de tourner en aventure. Une aventure qui pourrait encore une fois se transformer... EN CAUCHEMAR! Alors, reste sur tes gardes, car tu ne sais jamais sur quelle monstruosité vous pourriez tomber.

Vous parvenez bientôt à un long et ténébreux passage. Au bout, il y a la lourde porte cloutée de la bibliothèque. Elle semble attendre de pied ferme quiconque oserait passer son seuil à une heure aussi tardive.

Arrivés à sa hauteur, vous faites une pause devant une grande peinture. Tandis que vous reprenez votre souffle, des craquements suivis d'un grognement caverneux se produisent. CRIIIC! CRAC! GROOOOWWWW!

«Vous avez entendu? demandes-tu à tes amis. C'est trop risqué par ici! poursuis-tu sans attendre leur réponse. Oublions la bibliothèque et retournons à l'entrée principale...

— Ça provient de ce tableau», te dit Jean-Christophe, penché sur la grande peinture.

Tous les trois, vous faites glisser le tableau vers la droite pour découvrir qu'il cache un autre passage.

«Un passage secret! s'exclame Marjorie, toute surprise.

— Probablement, fait Jean-Christophe. C'est bien connu, tous les vieux édifices de ce genre regorgent de galeries inextricables et cachent de vrais labyrinthes.

— Il y a des traces de sable, leur montres-tu. Regardez sur le parquet...

— Des bruits, un grondement et maintenant ce sable... C'est la momie! C'est sûrement la momie», se lamente Marjorie.

Les yeux de Jean-Christophe deviennent sérieux.

«Ça se pourrait bien!» fait-il en hochant la tête.

Il est inutile de courir des risques. Vous décidez donc de tenter votre chance avec la porte de la biblio. Seulement, il faut espérer qu'elle ne soit pas verrouillée, car vous serez obligés de prendre le passage secret qui a l'air aussi sombre que dangereux.

Afin de savoir si la porte de la biblio est verrouillée ou non, TOURNE LES PAGES DU DESTIN.

Si elle est déverrouillée, ouvre-la et passez vite son seuil au numéro 59.

Si, par un sombre hasard, elle est verrouillée, allez au numéro 9 et préparez-vous au pire...

37

Malheureusement pour vous, les symboles demeurent mystérieux.

Tu restes agenouillé devant la porte, la tête entre les mains en signe de désespoir. Marjorie te tape sur l'épaule. D'un bond, tu es sur tes pieds. Tu te retournes... Douze cobras dressés, gueule ouverte, crochets prêts à mordre, se dandinent dans le sable juste devant vous.

Tu ravales ta salive bruyamment **GLOURB!**

«Y a-t-il un charmeur de serpent parmi les spectateurs? demande Marjorie à la blague.

— CE N'EST PAS LE TEMPS DE DÉCONNER! lui crie son frère. Il faut sortir d'ici et au plus vite!»

Soudain, à votre grande stupeur, les cobras s'agitent nerveusement et disparaissent, effrayés. À l'entrée de la grande salle, une silhouette a fait irruption. Une silhouette blanche... TOUTE ENRUBANNÉE DE BANDELETTES!

38

Examine bien cette illustration. Ces symboles t'indiqueront le numéro pour te rendre au passage secret. Si, par contre, tu ne réussis pas à les déchiffrer, cesse de claquer des dents et vois ce qui t'attend au numéro 87.

39

Debout sur la dalle portant la lettre «D», tu te prépares. Au moment où tu t'apprêtes à mettre le pied

sur celle qui est gravée d'un «H», Marjorie t'attrape le bras et t'arrête.

«T'es sûr de ce que tu fais? te demande-t-elle. Ce n'est pas un de ces jeux idiots que tu joues sur ton ordinateur, parce que, vois-tu, si tu te trompes... ON SE FAIT ÉCRABOUILLER! SPLOUCH! Tous les trois. Je suis sûre que ça fait très mal ça...

— T'en fais pas, lui réponds-tu pour la calmer, l'orthographe, ça me connaît.»

Tu joins les mains et, en poussant vers l'avant, **CRAC! CRAC!** tu fais craquer tes doigts. Tu te sens prêt. Tu poses enfin le pied sur la dalle du «H»...

«Ça va, continue», te dit Jean-Christophe. Nous te suivons.

Certain de réussir, tu gambades, tel un clown, d'une dalle à l'autre pour finalement t'arrêter lorsqu'un grondement se fait entendre.

GROOOOOUURR!

Le lion vient d'ouvrir la bouche et pointe dangereusement ses canines vers vous. Toutefois, il demeure à sa place...

«Est-ce qu'il faut se préparer à mourir? demande Marjorie, horrifiée.

— Tu vas nous fourrer dans le pétrin, cesse tes conneries», rugit Jean-Christophe en pointant du doigt la gueule du lion.

Tu regardes l'avant-dernière dalle.

— «L», c'est l'avant-dernière lettre du nom du pharaon Dhéb-ile, te dis-tu. À moins que ce soit le «L» qui déclenchera le mécanisme qui libérera le lion de granit. «L» pour Dhéb-ile ou «L» pour lion? Il n'y a qu'une façon de le savoir!» TU SAUTES À PIEDS JOINTS SUR LA DALLE...

RIEN! le lion demeure immobile... C'est gagné. Vous sautez, un après l'autre sur la dernière dalle, celle de la lettre "E" puis vous vous dirigez en rasant le mur, vers cette entrée majestueusement sculptée d'arabesques que ce monstre de pierre vous empêchait d'atteindre.

Elle se trouve au numéro 32.

40

À cet instant, avec une foudroyante rapidité, le matou-momie se jette, non pas sur vous comme tu t'y

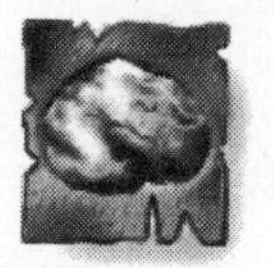   

attendais, mais sur un levier tout près de toi. Aussitôt, deux immenses blocs de granit se détachent du plafond et viennent bloquer et la sortie, et l'entrée, **BRRRRRRRRRR! BANG!**

Les secondes passent et la poussière finit par retomber...

Le matou-momie s'élance à votre poursuite. Pourchassés, vous zigzaguez plusieurs minutes dans la grande chambre mortuaire pour finalement constater qu'il n'y plus aucune issue.

Tous les trois emmurés vivants pour l'éternité, vous passerez le temps qu'il vous reste à vivre à jouer... AU CHAT-MOMIE ET À LA SOURIS!

FIN

41

Vous sautez vous cacher chacun dans une des grosses amphores. Après quelques longues et angoissantes minutes, tu tends l'oreille. Aucun signe de vie ; alors, tu décides de jeter un coup d'oeil pour vérifier si la voie est libre...

Malheureusement, le squelette de Boutor est posté devant les grands vases. Silencieusement, il attend que tu sortes la tête pour enfoncer son épée dans l'amphore. **SCHLAK!** La lame bien effilée coupe aussitôt ta ceinture. Tu attrapes ton jean avant qu'il ne glisse par terre. Dans un geste désespéré, tu fais basculer l'amphore d'un côté puis de l'autre jusqu'à ce qu'elle tombe avec les autres grosses poteries sur le squelette menaçant. **CRAAAC! CRAC! BANG!**

À demi enseveli sous les morceaux de céramique, le squelette remue la tête, puis se remet rapidement sur pieds, brandissant à nouveau sa lourde épée...

«SUIVEZ-MOI! cries-tu à tes amis. Nous n'avons plus le choix, il faut essayer de sauter par-dessus les sables mouvants, c'est notre seule chance...»

Résolue, Marjorie a le courage d'y aller la première. Elle s'élance, mais elle arrive les deux pieds en plein dans le sable mou du grand tourbillon et commence tout de suite à s'enfoncer dangereusement. Sans attendre, tu te lances à sa rescousse. Tu sautes et tu l'agrippes par son chandail. Mais comme elle, tu es aspiré toi aussi. Jean-Christophe se jette sur toi et t'attrape par les pieds. Le tourbillon de sables mouvants est trop puissant. Tous les trois soudés les uns aux autres, vous tournez quelques secondes avant de vous enfoncer vers le fond, ou plutôt, vers la...

42

Tu joins les deux fils. Aussitôt, le gros câble d'acier grince CRIIIIII! Tu as réussi à remettre l'ascenseur en marche et, lentement, il vous élève un étage plus haut.

Les portes s'ouvrent. Des rats surpris par votre arrivée fuient dans toutes les directions COUII! COUII! Vous entrez dans... LE MACABRE GRENIER DU MUSÉE. Guidés par la lueur des lucarnes du toit, vous glissez à pas de loup entre des objets de toutes sortes. Quelques pigeons, recroquevillés sur les poutres humides, roucoulent.

ROOUUU! ROOUUU!

Parmi toutes ces vieilleries laissées à l'abandon, vous remarquez un petit coffret en bois ciselé de signes ; bizarre... TRÈS BIZARRE MÊME.

Approchez! si vous osez... Il se trouve au numéro 50.

43

Le monstre tourne la tête et vous fixe de ses yeux gourmands. Il fouette l'air de sa queue quelques coups puis il se rue vers vous, soulevant dans sa fureur des nuages de poussière.

Marjorie s'empare d'un gros fémur d'animal,

esquisse un signe de croix et, de toutes ses forces, le lance sur le monstre qui l'attrape agilement avec sa bouche comme le ferait un chien obéissant.

Tes cheveux se hérissent sur ta tête...

Giza crache l'os et, après un bond prodigieux, atterrit tout près de toi.

BANG!

Tu gonfles tes muscles et, d'un geste rapide, tu évites de justesse son coup de griffes meurtrier. Vous vous précipitez dans une galerie trop petite pour le monstre. Vous rampez dans l'étroit tunnel sans regarder en arrière. Giza, comme vous l'aviez prévu, essaie d'attraper la jambe de Jean-Christophe, mais en vain ; ton ami réussit à vous rejoindre sain et sauf.

Vous vous écroulez sur le sol en poussant un cri de victoire. YAOOUUU!

Tu t'assois par terre pour reprendre ton souffle. **CRAC! CRAC!** font les curieux petits cailloux blancs sur lesquels tu as posé tes fesses. Tu te relèves aussitôt pour te rendre compte qu'il s'agit d'oeufs DE SERPENTS...

Tu ressens un drôle de chatouillement. Tu regardes sous ta manche, un petit cobra s'est enroulé à ton bras et s'apprête à te planter ses petits crochets à venin dans la chair...

FIN

44

Arrivés au bout du corridor, vous vous butez à une porte solidement verrouillée. Tu t'appuies sur le mur, découragé.

Vous n'avez plus le choix : vous décidez de tenter votre chance par le conduit de ventilation tout poussiéreux. Tu empoignes le grillage et tu l'arraches de ses amarres. **SCHRAK!** Vous progressez petit à petit jusqu'à l'embouchure, où tu sors la tête. La lune brille dans le ciel constellé d'étoiles...

«HOURRAH! C'EST LE TOIT DU MUSÉE!» t'écries-tu, heureux de te retrouver enfin à l'extérieur.

Vous sortez l'un après l'autre. Après avoir fait un tour rapide, vous constatez, à votre grande déception, qu'il n'y a pas d'échelle, donc aucune façon de descendre du toit de l'immeuble.

ZUT!

Au milieu du toit plat, un puits de lumière vous offre tout de même la possibilité d'aller à l'intérieur ou de retourner au numéro 10, devant le plan du musée...

45

Plus vous avancez et plus le brouillard se dissipe.

«C'est bien beau sauf que je n'ai aucune idée de l'endroit où nous nous trouvons maintenant, remarque

Jean-Christophe. Cette partie du musée m'est totalement inconnue...

— Des murs sombres, des araignées à profusion, une multitude de rats, ça ne te rappelle rien? lui demandes-tu.

— Oui, oui, ça me revient maintenant. Nous sommes revenus à la maison, et ceci est la chambre de ma soeur Marjorie, te répond-il avec un clin d'oeil.

— T'es pas drôle, tu sauras, rétorque Marjorie, la langue sortie.

Nous sommes peut-être arrivés dans une impasse, un cul-de-sac...

— Je ne crois pas, regarde», dis-tu en pointant du doigt une affiche où est écrit : ENTRÉE PRINCIPALE DU MUSÉE.

Tous les trois, vous retournez promptement vers l'entrée principale. Ensuite, vous vous dirigez vers le numéro 10. Devant le plan du musée, faites votre choix...

46

Tu te croises les doigts. La momie pose péniblement ses pieds sur chaque marche, traînant derrière elle quelques bandelettes déchirées et tachées

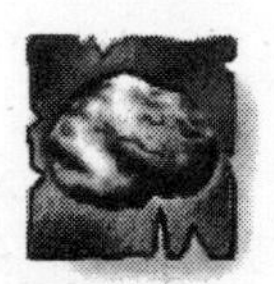   

de sang noirci. Son visage tout ratatiné et son regard perdu te donnent froid dans le dos.

Sans se douter de ce qui l'attend, elle descend doucement vers votre petit traquenard. Là, la jambe retenue par la soie dentaire, elle trébuche et déboule jusqu'au pied de l'escalier. **BOUM! BOUM! BANG!**

Un large sourire se dessine sur le visage de Marjorie.

Sans quitter la momie des yeux, tu entraînes tes amis, et vous enjambez son corps inanimé afin de monter l'escalier et vous rendre le plus rapidement possible au numéro 61.

47

Tu te diriges à contrecoeur vers l'entrée du mastaba, cette partie du musée si lugubre, où personne ne vient jamais. Vous devez pousser à trois la lourde porte de pierre pour entrer. **CCRRRIIIII!** À l'intérieur de cette petite pyramide tronquée, l'odeur est quasi insupportable et chacun de vos pas soulève un brouillard de poussière fine qui fait éternuer Marjorie.

«AAATCHOU! Désolée», s'excuse-t-elle.

Tout autour de vous, des dizaines de squelettes en armure adossés au mur semblent vous regarder malgré leurs orbites vides.

Au moment où tu te demandes dans quelle

aventure tu t'es embarqué, un petit cliquetis d'os se fait entendre...

CRIC!

Tu pivotes sur toi-même et scrutes les moindres recoins sombres de la pyramide.

C'est alors que, surgissant d'un sarcophage doré, un squelette apparaît, gesticulant et brandissant une longue épée.

Vous vous retrouvez nez à nez avec le squelette de Boutor... LE PLUS TERRIBLE DES SOLDATS

DU PHARAON DHÉB-ILE!

Marjorie recule et trébuche presque.

«Du calme, monsieur le paquet d'os, dit Jean-Christophe, la violence n'est pas une solution.»

Tu regardes autour de toi. Sur le mur, d'étranges symboles semblent indiquer la présence d'un mystérieux passage, à condition bien sûr que vous puissiez le déchiffrer.

Le temps presse, allez rapidement au numéro 38.

48

À peine as-tu rebranché le fil que... **PCHII! FRRRRRR!** des étincelles jaillissent du panneau de contrôle et la lumière s'éteint... Tu t'es trompé et TU AS FAIT SAUTER LES FUSIBLES! Dans la noirceur totale, tu cherches avec tes amis une façon de sortir de l'ascenseur. Mais c'est inutile... VOUS ÊTES PRISONNIERS!

Les heures passent, puis les jours...

Quelques semaines plus tard, suite à votre disparition, les autorités policières décident de passer le musée au peigne fin . Lorsque les policiers arrivent à l'ascenseur, ils reçoivent tout un choc. ILS ENTENDENT DES CRIS! Ils forcent les portes de métal et vous découvrent encore bien vivants, même après tout ce temps.

Les journalistes de la ville entière s'amènent pour vous interviewer. Une seule question court sur leurs lèvres : «Comment avez vous fait pour subsister aussi longtemps sans nourriture? vous demandent-ils tous.

— On a tout d'abord mangé les tablettes de chocolat que Jean-Christophe cachait précieusement dans son sac à dos, leur racontes-tu, et puis par la suite, lorsqu'il ne restait plus de chocolat, nous avons dû nous nourrir... DE SOURIS, D'ARAIGNÉES, DE MOUCHES, DE...»

FIN

49

«Allez! te presse Marjorie, dépêche-toi....

— Je fais aussi vite que je peux», lui réponds-tu.

Tu tires lentement sur le long morceau de tissu. Des gouttes de sueur coulent sur ton front.

Tout à coup, **CRRR!** le sarcophage s'ouvre de quelques centimètres... Tu t'arrêtes! Quatre doigts à moitié décharnés se glissent dans l'ouverture. TU AS CHOISI LA MAUVAISE BANDELETTE!

Tu attrapes la main tremblante de Marjorie, le blouson de Jean-Christophe et, tous les trois, vous

vous faufilez entre les caisses de bois pour vous cacher.

Dans le sarcophage, une sombre silhouette se redresse... C'EST BIEN LA MOMIE! Lorsqu'elle marmonne un grognement, GRRRRRRR! un liquide noir semblable à du goudron s'écoule de sa bouche édentée. Les bras raides et tendus, elle déambule toute chancelante dans la galerie en se traînant les pieds. Le bruit de ses os qui craquent te glace le sang...

Tu fermes les yeux bien fort et tu te croises les doigts en espérant qu'elle ne vous trouve pas.

Quelques secondes plus tard, une haleine terrible te vient au nez... UNE HALEINE... DE MOMIE!

50

Jean-Christophe s'approche du coffret. Il a l'air complètement envoûté par le petit écrin ciselé.

«SAPRISTI! C'est le coffret du fantôme du musée, remarque-t-il. Je sais que cela peut vous sembler idiot, mais ce petit coffret contient... UNE LANGUE DE FANTÔME!

— QUOI! cries-tu, incrédule.

— Ce n'est pas qu'un simple racontar, je vous le jure, poursuit-il. Ce petit coffret contient vraiment la langue d'une revenante. À la tombée de la nuit, cette revenante vient chercher son horrible langue et hante les couloirs du musée en hurlant et en gémissant. Au petit matin, elle revient ici pour la ranger comme s'il s'agissait d'un précieux bijou.

— On l'ouvre? demandes-tu, curieux ; je voudrais voir...

— ABSOLUMENT PAS! grogne Marjorie. Vous êtes fous! Moi, je ne veux pas voir cela. Une langue de revenante, ça doit être visqueux, gluant et complètement dégueu...»

Jean-Christophe et toi, vous vous regardez dans les yeux.

«ON L'OUVRE!» lancez-vous tous les deux à l'unisson.

Mais est-ce que le petit coffret est verrouillé? Pour le savoir, TOURNE LES PAGES DU DESTIN.

S'il n'est pas verrouillé, va au numéro 14 et ouvre-le...
Si par contre il ne s'ouvre pas, pousse un grand soupir et rends-toi ensuite au numéro 74.

51

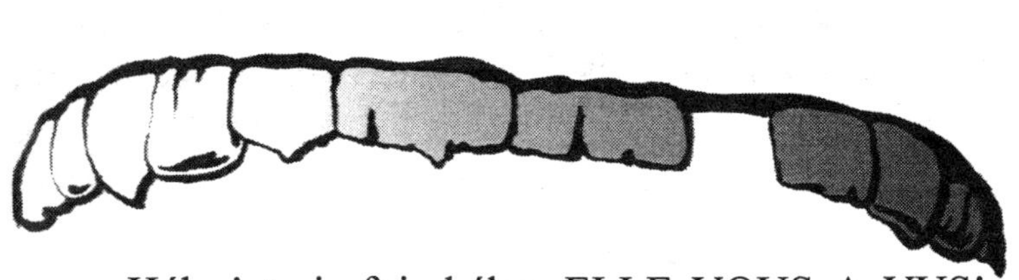

Hélas! trois fois hélas, ELLE VOUS A VUS! Vous essayez de vous relever, c'est impossible, vous êtes comme paralysés par son terrifiant regard. La momie sait qu'elle vous a à sa merci. Pas pressée du tout, elle descend les marches tranquillement, t-r-è-s t-r-a-n-q-u-i-l-l-e-m-e-n-t, une après l'autre. Lorsqu'elle arrivera à côté de toi, ce sera, pour toi et tes amis, la...

FIN

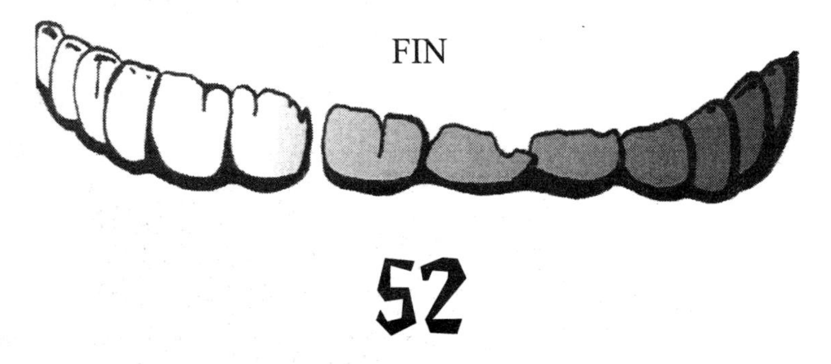

52

Avec d'infinies précautions, vous descendez chacune des marches en glissant vos mains sur les murs afin de vous guider. Vous avancez ensuite dans un long couloir qui descend doucement en pente. À la lueur des torches plantées dans le mur, vous découvrez une pièce souterraine remplie de statues, de coffres, d'armes et de... COBRAS ROYAUX.

OUI! Huit cobras au cou dilaté orné d'un dessin à l'effigie du pharaon Dhéb-ile. Ce sont ces serpents venimeux qui ont laissé ces traces sur le sable afin vous leurrer et de vous amener directement au repaire de la momie qui, au même instant, entre dans la pièce.

Quelle horreur! Cette silhouette squelettique enrubannée dans plusieurs couches de bandelettes jaunies et sales te regarde avec hargne. Ses yeux rouges perdus dans son visage verdâtre te glacent le sang dans les veines. Les bras osseux tendus vers vous, elle avance en traînant ses jambes raides sur le sable.

SRHHHHH! SRHHHHH!

Tu ouvres la bouche pour crier... RIEN N'EN SORT!

Vous tournez la tête, les cobras vous fixent de leurs yeux étincelants. Pas moyen de sortir d'ici sans confronter la momie, constates-tu. Terrifiée, Marjorie se cache derrière toi. Vous reculez en titubant jusqu'au mur. La momie passe sa répugnante langue sur ses lèvres.

Appuyé sur la paroi, tu jettes un coup d'oeil par-dessus ton épaule. Un bas-relief sculpté dans la pierre représente Horus, le dieu protecteur royal. Son bras de bois est pointé vers le plafond.

«UN LEVIER! t'écries-tu. Son bras est en fait un levier. Qui sait! peut-être que c'est un passage secret.» Tu l'abaisses sans réfléchir aux conséquences.

Les murs se mettent à trembler. **VRRRRRRR!** Puis le plafond s'ouvre, laissant tomber du sable, **SHHHHHHHHH!** des tonnes de sable sur...

Cherche au travers de la poussière le numéro 93.

53

Vous vous jetez dans l'embouchure du passage secret. Le bec géant du vautour fait une irruption soudaine dans l'entrée. Juste à temps, car tu dois t'écraser dans un coin pour éviter d'être happé. Nekhabi fait claquer son bec plusieurs fois **SCHLAC! SCHLAC! SCHLAC!** et puis disparaît dans les dédales obscurs du musée.

«OUF! J'ai eu peur que nous finissions en amuse-gueule», souffle Marjorie, le front couvert de sueur.

Vous rampez maintenant tous les trois dans ce petit couloir sinueux jusqu'au numéro 62.

54

Tu ne l'as pas remarqué, mais ces quatre monstres ont réussi à... SORTIR DU TABLEAU!

Au bout de quelques secondes, vous vous en rendez finalement compte tous les trois. Tranquillement, Jean-Christophe recule d'un pas. Tu le suis en empoignant Marjorie qui, avec une grimace d'épouvante, restait figée sur place.

L'un des monstres prend tout-à-coup la forme

d'une ombre pâle qui s'envole au-dessus de vos têtes **SWOOUUUCHH!** et va se poster à la sortie de la galerie. La situation devient sérieuse.

Un frisson te passe dans le dos.

Vous vous mettez à courir. Les hurlements des monstres qui se lancent à votre poursuite remplissent la galerie. WOOOOOUUUUU!

Sans avertir, tu changes de direction et fonce vers une porte que tu viens tout juste d'apercevoir. Jean-Christophe, qui n'avait pas prévu ta manoeuvre, arrive en trombe et te frappe de plein fouet **POUF!** Sous la force de l'impact, vous vous ramassez tous les trois sur les fesses.

BANG! BANG! BANG!

Tu lèves les yeux, les monstres vous encerclent... VOUS ÊTES PRIS!

Maintenant qu'ils ont autre chose à rapporter que des t-shirts comme souvenir, ces monstres de l'enfer qui étaient en vacances dans le monde des vivants retourneront en emportant chez eux, à Pandémonium... LES TÉMÉRAIRES DE L'HORREUR!

FIN

55

Tu inspires un bon coup et tu t'approches...

La statue du vautour est à la fois majestueuse et effrayante. De ses quatre mètres de roc, elle semble défier la mort. La chaîne attachée à sa patte et qui semble retenir l'oiseau à son gros socle de pierre est rouillée et très usée par les siècles.

En examinant la statue, tu remarques que les yeux du vautour qui tantôt regardaient droit devant sont maintenant fixés... SUR VOUS!

«Est-ce le fruit de mon imagination ou est-ce que le vautour nous regarde? demandes-tu à tes amis.

— Je ne tiens pas à le savoir, partons! murmure Jean-Christophe, ça devient dangereux...»

Étudie bien cette illustration, et rends-toi ensuite au numéro 77.

56

Tu prends un des masques en souhaitant qu'il s'agisse bien de celui du dieu Anubis. Tu le portes à ton visage et tu te jettes entre tes amis et les trois reptiles. Dansant et gesticulant comme un Sioux, tu essaies de les effrayer, mais... ÇA NE MARCHE PAS! Juste devant toi, le plus énorme d'entre eux fait claquer sa mâchoire, **CLAP! CLAP!** et continue d'avancer...

«TU VOIS BIEN QUE TU T'ES TROMPÉ! te hurle Jean-Christophe d'une voix grinçante. Tu as pris le masque d'Horus...»

Tu laisses tomber le masque et vous déguerpissez en longeant les caisses de bois.

Le gros crocodile vous rattrape et vous bloque le passage. Vous vous retournez, les deux autres arrivent derrière en trombe...

Vous êtes cernés : l'étau de dents toutes pointues et gluantes de salive se referme... et se referme...

FIN

57

«Regardez-moi ça!» s'exclame Marjorie, éblouie par le collier.

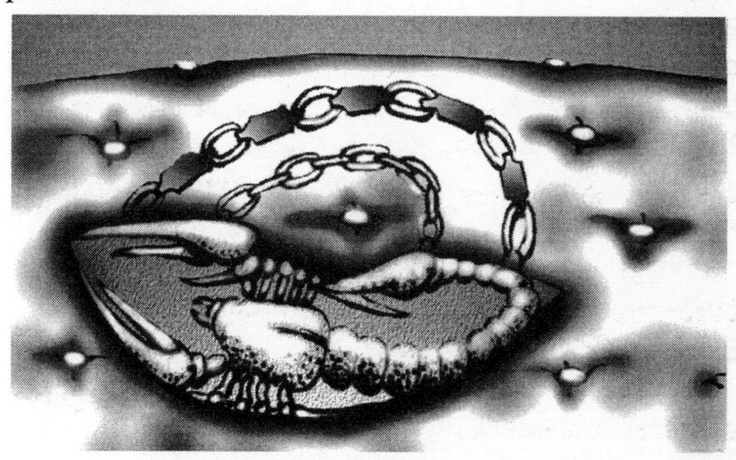

Tu t'approches de la vitrine. Le collier, qui a la forme de Nekhbet, le scorpion protecteur du trésor du pharaon, est magnifique. Constellé de turquoises, il brille de mille feux. Curieusement, le nom du scorpion y est gravé trois fois sur l'or.

«Pourquoi trois fois? demande Marjorie, NEKHBET! NEKHBET! NEKHBET! répète-t-elle, c'est idiot...»

Soudain, le scorpion d'or et de pierres précieuses se met à bouger et à s'agiter. Vous reculez tous les trois.

«C'ÉTAIT UNE INCANTATION! s'écrie Jean-Christophe, affolé, et en récitant son nom trois fois tu as RESSUSCITÉ LE SCORPION.»

Alors que vous vous préparez à fuir, le scorpion brise la vitrine **CLING! CLANG!** et se jette sur vous. Un après l'autre, il vous injecte son venin. Vous basculez dans l'inconscience... Vous vous réveillez beaucoup plus tard dans un endroit des plus bizarres. Les nuages sont rouges, le sol est littéralement recouvert de sarcophages et plusieurs silhouettes étranges d'allure fantomatique sillonnent le ciel mauve sombre.

«Où sommes-nous?» demande Marjorie.

Vous allez déambuler plusieurs heures avant de vous rendre compte que vous êtes tous les trois perdus à jamais DANS LE ROYAUME DES PHARAONS MORTS...

58

«Bon ça va, fais-tu calmement, les deux pieds bien ancrés sur la dalle portant la lettre "D". Je m'en souviens.»

Tu lèves la jambe et tu sautes sur la lettre «É». Aussitôt, le lion de pierre rugit et fait trembler les murs.

«C'est bon signe ça? demandes-tu à Jean-Christophe, qui te suit de près.

— Je-je crois que oui, te répond-il, pas trop certain. Continue, nous te suivons...»

La dalle portant la lettre «H» est assez éloignée. Tu t'élances et mets un pied dessus tandis que l'autre, avant de se poser, percute la dalle voisine. Tu fermes les yeux et te croises les doigts. La bouche de lion s'ouvre...

GRRRRRRR!

Tu ouvres un oeil, le gros félin de pierre est toujours à sa place, OUF!

Tu te tournes vers la dalle sur laquelle est gravée la lettre «B». Lentement, comme tu le fais lorsque tu veux t'assurer que l'eau de la piscine n'est pas trop froide, tu poses le pied sur la surface poussiéreuse de la dalle...

Aussitôt, toutes les portes, dans un grondement épouvantable se ferment. Le couloir s'embrume de poussière lorsque le lion, libéré de ses liens... FONCE VERS VOUS! Tu t'es trompé...

On peut dire que votre aventure était si éprouvante qu'elle vous a vraiment mis... À PLAT!

FIN

59

La porte s'ouvre dans un grincement à donner des frissons.

SRIIIIIIKKKSSSSS!

La bibliothèque du musée est silencieuse. Le seul bruit que vous entendez est le craquement que fait le plancher sous chacun de vos pas. Cet endroit est immense. Des milliers de livres poussiéreux s'entassent sur les étagères. Sous une table de lecture, deux rats se disputent un morceau de sandwich, sans doute oublié par un élève qui a visité lui aussi le musée avec sa classe. Mais cet élève, contrairement à vous, est reparti en même temps que tous les autres avec le bus de l'école, et ce n'est que son sandwich qu'on a oublié ici.

Au centre de cette gigantesque salle circulaire, un grand bouquin ouvert éclairé par une bougie trône sur un piédestal. Tu t'approches en te disant que cette bougie vous serait très utile dans ce monde de noirceur. Tu tends la main pour la prendre et t'arrêtes net, car tu ressens une étrange attirance pour le livre. Tu parcours des yeux les premières lignes : des hiéroglyphes, quelques crânes humains dessinés. Ça ressemble à de la magie, songes-tu.

Tu te mouilles le bout du doigt pour tourner la page...

Malheur à toi! Dans quelques secondes, lorsque tu poseras ton index sur ce livre, tu seras pris de mille souffrances. Oui, car ce gros bouquin est le

Livre des morts et il a été écrit avec de l'encre empoisonnée. Le simple fait d'y toucher peut justement entraîner... LA MORT!

Va tout de suite au numéro 23.

60

«C'est un-un fan-fantôme!» bégaie Marjorie

Vous sautez vous cacher derrière une colonne. Le revenant passe sans vous voir et poursuit sa route en faisant tournoyer sur son doigt un grand anneau plein de clés.

Un soupir s'échappe de ta poitrine. PFOOOUUU!

«C'est le fantôme d'Igor Tiduam, vous dit Jean-Christophe à voix basse, Le gardien de nuit mort dans d'étranges circonstances. Je l'ai tout de suite reconnu à son grand trousseau de clés. J'ai lu quelque part dans *L'Encyclopédie noire de l'épouvante* que même longtemps après sa mort son fantôme continua inlassablement à faire ses rondes dans le musée. Ce musée était toute sa vie ; maintenant, il est toute sa mort!

— Nous devrions le suivre, proposes-tu. S'il fait

vraiment des tournées partout dans le musée, il finira bien par passer par la salle de l'ordinateur.

— Moi je crois que nous devrions plutôt aller regarder dans la vitrine là-bas! te dit Jean-Christophe, car elle contient le collier de verre trouvé dans le tombeau du pharaon Dhéb-ile. On pourrait apprendre quelque chose d'important sur la momie.

— Ni l'un ni l'autre! vous arrête Marjorie. Moi, je dis qu'il faudrait à la place essayer d'appeler à l'aide par une de ces meurtrières. Vous savez ces fentes pratiquées dans les parois de la tour du château qui servaient autrefois à défendre ses remparts. À travers cette ouverture, nous pourrions peut-être réussir à nous faire remarquer par un passant...

— Qu'est-ce qu'on fait alors?» questionne Jean-Christophe.

Tu t'arrêtes pour étudier la situation.

Pour suivre le fantôme, rendez-vous tout de suite au numéro 89.

Pour examiner le collier du pharaon Dhéb-ile, dirigez-vous vers le numéro 57.

Pour appeler à l'aide, allez au numéro 11.

61

Vous escaladez vivement les marches. Tout en haut, tu te penches dans le vide et tu jettes un coup d'oeil en bas. Au pied de l'escalier, la momie ouvre les yeux, secoue la tête et se remet sur pied...

«Oh non! elle n'est pas morte, t'exclames-tu.

— Ben voyons donc! C'est sûr qu'elle est morte, renchérit Jean-Christophe, elle est morte il y a 5000 ans.

— Enfin, tu comprends parfaitement ce que je veux dire, t'impatientes-tu. Nous n'avons réussi qu'à l'assommer quelques secondes. Lorsqu'elle aura complètement recouvré ses esprits, elle sera vraiment en rogne contre nous.

— Regardez là-bas! vous interrompt Marjorie... C'EST SON SARCOPHAGE!»

Vous vous approchez... Des filets de lumières filtrent par des fissures du vieux cercueil en bois.

«On dirait plutôt l'entrée d'un passage, dis-tu après y avoir collé un oeil.

— Tu crois qu'il est verrouillé?» te questionne Marjorie.

Jean-Christophe et toi, vous vous regardez en vous posant la même question.

Les Téméraires de l'horreur obtiendront la réponse aussitôt que tu auras TOURNÉ LES PAGES DU DESTIN.

Si le sarcophage n'est pas verrouillé, comptez jusqu'à trois et ouvrez-le tous ensemble en allant au numéro 33.

Si, par contre, il est verrouillé, allez au numéro 85. VITE! la momie monte déjà l'escalier.

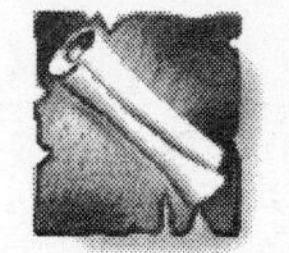

62

Vous rampez longtemps avant d'arriver à un escalier de bois vermoulu où nichent une multitude de rats.

«POUAH! c'est dégoûtant, t'exclames-tu, et en plus ça sent les oeufs pourris par ici...»

Marjorie et toi fixez Jean-Christophe du regard.

«Pourquoi me regardez-vous de la sorte? CE N'EST PAS MOI! s'écrie-t-il, vexé.

— Je n'ai jamais dit que c'était toi! lui réponds-tu, le nez en l'air. Ce sont probablement ces affreux rongeurs qui dégagent cette odeur épouvantable.

— Ce sont les rats qui ont pété? demande innocemment Marjorie.

— Avance! lui commande son frère, et regarde où tu mets les pieds!»

Arrivés au haut de l'escalier, vous vous butez à une porte posée à la verticale. Tu pousses et elle s'ouvre dans un tumulte de craquements.

CRIIIC! CRAAAAAC! CRR!

Tu sors la tête pour voir...

«Non, dites-moi que mes yeux me jouent un tour, leur dis-tu en t'assoyant sur une marche.

— Attends! ne me dis rien, lance Jean-Christophe, laisse-moi deviner tout seul : NOUS SOMMES REVENUS AU HALL D'ENTRÉE?

— PING! PING! PING! Georges! Que recevra notre grand gagnant? fais-tu, imitant l'animateur d'un quiz de télé...

— Pas encore le hall d'entrée!» soupire Marjorie.

Oui, peut-être que vous êtes revenus à la case «départ». Mais de cette tumultueuse balade vous aurez au moins appris quelque chose... C'EST QUE VOUS ÉTIEZ SUR LA BONNE VOIE!

Retournez au numéro 10, où se trouve le plan du musée, et, cette fois-ci, PAS DE BAVURE!

63

Nekhabi enfonce ses crocs dans tes vêtements et te soulève en l'air.

La tête en bas, tu hurles autant que tu peux en le martelant de coups de poing.

HAAAAAAAAA! HAAAAA!

Pris de panique, Jean-Christophe et Marjorie se jettent dans l'embouchure du passage secret.

Survolant la salle, le vautour vient approcher sa répugnante tête dégarnie de poils et de plumes contre ton visage et passe sa langue rugeuse et toute gluante...

SCHLOUCHHH!

«Ça y est! Je suis foutu, te dis-tu. Il va me dévorer vivant...»

Mais à ta grande surprise, il te laisse choir sur le

plancher **BANG!** Étendu sur le dos, tu le regardes s'enfuir par une fenêtre ouverte et disparaître dans l'obscurité du soir...

Tu as toujours su que tu étais brave, courageux et téméraire... Mais jamais, au grand jamais, te serais-tu douté que tu étais aussi... IMMANGEABLE!

FIN

64

La clé demeure introuvable.

Vous vous tournez vers le gros ver qui se met soudain à bouger de plus en plus. Terrifiée, Marjorie se cache derrière toi. Sans doute a-t-il été réveillé par l'odeur de la chair fraîche. Tu te jettes par terre pour ne pas te faire remarquer, et tes amis t'imitent. Le monstre bondit mollement sur son flanc, **BLOUB!** et vous fixe GOULÛMENT de ses huit yeux. Devant toi, il allonge son corps gluant et pousse un énorme rot, **RRRRROOO**! pour dégager son estomac et ainsi faire de la place... POUR VOUS!

65

Les quatre monstres sur cette peinture sont tout à fait effrayants, mais rien de plus. Vous vous regardez tous les trois en haussant les épaules.

«C'était sans doute un courant d'air», conclus-tu. Mais tu n'en es pas sûr.

Tu examines le tableau à nouveau. T'es pas trop sûr, mais il te semble que quelque chose a changé! MAIS QUOI? Si tu réussis à trouver de quoi il s'agit, fuyez en

douce jusqu'au numéro 6. Si, par contre, tu n'en as aucune idée, faites votre prière et allez au numéro 54.

66

Tu as réussi à décrypter les symboles. Comme il est indiqué, tu appuies sur l'oeil du vautour sculpté à même le mur de la pyramide. **BRRRRRRRRR!** Une crevasse s'ouvre tout à coup dans le sol, vous glissez tous les trois dans l'ouverture...

Le squelette en armure se jette lui aussi dans la fissure et se lance à votre poursuite, martelant les parois du passage avec son épée.

CLING! CLING! CLING!

«La peste soit de ce maudit squelette, s'exclame Jean-Christophe, il est toujours à nos trousses...»

Vous avancez rapidement dans un interminable corridor humide et peuplé de rats. Beaucoup plus loin, vous arrivez enfin dans une salle et regardez tout autour de vous. Dans un coin, il y a des amphores géantes et, près de la sortie, il y a de curieux tourbillons dans le sable...

Filez au numéro 72, VITE! Les grondements du squelette se font de plus en plus menaçants...

67

Avec mille précautions, tu réussis à ramasser la bandelette sans réveiller la momie. Après en avoir attaché une extrémité à une statue de marbre, tu laisses tomber l'autre bout dans l'ouverture du plancher.

Un après l'autre, vous descendez en vous agrippant à la bandelette et arrivez dans une sorte de grotte habitée par un curieux brouillard rouge. De petits cratères fumants semblent dégager cette drôle de fumée qui vous prend à la gorge.

«Où sommes-nous? demande Marjorie en retenant son envie de tousser. Cet endroit ne figure pas sur le plan du musée...»

Tu hausses les épaules...

Une chauve-souris agite ses ailes raides et vole dans votre direction. Vous vous appuyez contre une paroi. L'animal passe tout près et disparaît dans la pénombre d'une galerie que la fumée cachait.

FLOP! FLOP! FLOP!

«Suivons-la! s'exclame Jean-Christophe, peut-être nous conduira-t-elle vers une sortie...»

Vous vous précipitez derrière elle. Tes pieds s'enfoncent dans une substance gélatineuse qui recouvre partiellement le sol, BEURK!

Soudain, quelques bruits sourds se font entendre...

«Je crois que nous sommes suivis», chuchote Marjorie.

Vous arrêtez net...

Un cri effroyable résonne sur les parois suintantes de la galerie.

NYAAAAARGH!

Vous détalez à toutes jambes jusqu'au numéro 16.

68

Vous vous levez debout pour regarder ; le sphinx est toujours là. Tu sens la peur te gagner peu à peu.

«Allez! ouste, fais de l'air, espèce de monstre difforme, murmure Marjorie tout bas. Qu'est-ce qu'il attend pour déguerpir?

— C'est ridicule! s'impatiente Jean-Christophe. On ne peut pas rester plantés ici indéfiniment...»

Vous vous rassoyez en espérant que le monstre disparaisse.

Après quelques minutes, un ronflement se fait entendre. RRROOONN! Tu étires le cou pour vérifier. Le monstre est toujours là sauf qu'il roupille maintenant comme... UN GROS CHAT.

«V'là notre chance», souris-tu.

Lentement, doucement, sur la pointe des pieds, vous faites le tour de la caverne à la recherche d'une sortie tout en jetant des regards nerveux vers le monstre toujours endormi. À quelques mètres du sol, vous découvrez enfin une ouverture. Jean-Christophe fait la courte échelle à sa soeur pour l'aider à s'y glisser. Ensuite, vous grimpez tous les deux la paroi pour la rejoindre.

Après avoir rampé sur du gravier, grimpé à une corde, gravi des marches grossièrement taillées dans le roc, escaladé et remonté encore... vous vous retrouvez... FACE AU PLAN DU MUSÉE. Vous êtes peut-être revenus à la case départ, mais au moins, vous savez maintenant que l'ordinateur central du musée ne se trouve pas dans les galeries abandonnées.

Retournez au numéro 10 et ne perdez pas espoir...

69

Suivi de tes amis, tu approches d'un escalier étroit qui monte. Deux marches à la fois, vous l'escaladez. Tout en haut, vous arrivez à une porte... VOUS L'OUVREZ!

«Ce corridor m'est familier», réfléchit Marjorie en se frottant le menton.

Chaussé d'une espadrille, tu clopines jusqu'à une vitrine où sont exposés les authentiques vêtements que portaient les pharaons. Tu l'ouvres et tu prends les sandales royales. Tu t'assois pour les mettre.

«Quelle chance! t'exclames-tu, ce pharaon chaussait la même pointure de souliers que moi...

— ÇA Y EST! reprend Marjorie, je me rappelle... Ce corridor débouche sur la galerie sud, où se trouve le plan du musée.»

Eh oui! vous vous retrouvez, encore une fois, face au plan du musée au numéro 10. Au moins, maintenant, vous savez que le processeur ne se trouve pas dans la grande galerie des trésors de l'ancienne Égypte.

70

Le bruit que vous avez entendu plus tôt provenait de la chaîne qui s'est brisée lorsque la statue de Nekhabi le vautour a... BOUGÉ LA PATTE.

Tu prends le bras de Marjorie et, lorsque vous filez vers la sortie, la statue se fend. **CRAC!** Des plumes commencent à apparaître dans les fissures qui se font de plus en plus grandes. Une croûte de pierre tombe sur le plancher et un abominable bec crochu apparaît. Puis **BRRROOOUUUM!** la statue explose et le vautour surgit. Tu tombes à la renverse...

Tes amis te relèvent en toute hâte.

Dans un lourd battement d'ailes, **FRUUUU! FRUUUU!** Nekhabi s'envole à votre poursuite.

Vous zigzaguez entre les statues puis arrivez près d'un gros sphinx, derrière lequel vous vous cachez.

Nekhabi survole le sphinx quelques secondes et plonge ensuite vers vous. Vous tentez de lui échapper, mais c'est inutile. En rase-mottes, il réussit à t'attraper. Ses immenses pattes t'entourent le corps et te serrent si fort que tu peux à peine respirer. Après quelques frénétiques coups d'ailes, il file tout droit vers une grande fenêtre, qu'il fracasse pour t'emporter au loin, entre les nuages.

LOIN! TRÈS LOIN! jusqu'à son nid où l'attendent ses petits. Ces petits vautours qui attendent depuis si longtemps le bec tout grand ouvert doivent avoir très...

FAIM

71

ELLE EST FERMÉE!

Vous frappez de toutes vos forces sur la porte pour l'enfoncer. **BANG! BANG! BANG!** Elle

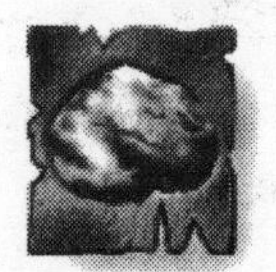   

résiste même si ses ferrures sont très rouillées.

Vous vous regardez, dépités.

Soudain, un courant d'air te balaie les cheveux ; derrière vous, LA LOURDE PORTE VIENT DE S'ENTROUVRIR... Tu t'étires le cou pour voir dans l'ouverture : DEUX YEUX ROUGES TE FIXENT!

Tu restes là, immobile, figé...

Une main tout enrubannée de vieux tissus s'agite sur le chambranle de la porte. Tu devines, au travers des ténèbres, l'horrible silhouette de... LA MOMIE!

Tu recules d'un pas en cherchant de tous les côtés une sortie. La momie tourne vers toi son visage d'un vert millénaire. Tu tombes à la renverse, entraînant dans ta chute Marjorie et Jean-Christophe. La momie s'approche, tu te relèves. Elle te prend à bras-le-corps. Son odeur de cadavre putride parvient à tes narines, tu t'évanouis...

Tu es complètement prisonnier de ton livre PASSEPEUR.

FIN

72

«C'est quoi ce tourbillon de sable sur le sol?» demande Marjorie en te dévisageant.

Tu prends un bout de bois et le lances en plein dans le tourbillon. Il se met à tourner sur lui-même et à s'enfoncer graduellement avant de disparaître complètement sous la surface.

«DES SABLES MOUVANTS! s'écrie Jean-Christophe, si nous tentons de les contourner, nous risquons d'être engloutis.

Deux possibilités s'offrent à vous : vous pouvez soit vous cacher dans les grandes amphores en céramique et espérer que le squelette ne vous voie pas, soit essayer de quitter cet endroit en tentant de contourner les sables mouvants. Pensez-y vite! les secondes s'égrainent rapidement...

Regardez cette illustration et rendez-vous au numéro que vous aurez choisi...

73

BRRRRRRRRR! L'immense porte de calcaire s'ouvre, vous vous précipitez pour franchir son seuil. Une fois à l'intérieur de la pyramide, **BRRRRRRRR!** la lourde porte se referme sur ces cobras impatients de vous faire goûter leur venin.

«TU AS RÉUSSI!» te dit fièrement Jean-Christophe en te tapant dans la main, **CLAP!**

Vous descendez les marches taillées dans la pierre et vous vous retrouvez dans un tunnel éclairé par une série de lampes à l'huile. L'odeur te rappelle le sous-sol de la vieille maison de ton oncle Claude, si effrayant que même les rats en ont peur.

Vous vous retrouvez finalement dans une salle remplie à craquer de... PETITS SARCOPHAGES! Ces murs couverts d'or ne peuvent signifier qu'une chose : vous êtes dans la chambre mortuaire des chats de la reine Néferdidi. «Ces petits trésors» comme elle les appelait, ont reçu le même traitement que les grands pharaons. C'est-à-dire qu'ils ont été embaumés, enrubannés et transformés en... MOMIES!

Sans faire de bruit, tourne les pages de ton Passepeur jusqu'au numéro 19.

74

Le coffret ne s'ouvre pas, car il est malheureusement verrouillé... Tu le remets donc à sa place.

Les pigeons ont soudain cessé de roucouler, remarques-tu, et un bien drôle de silence règne. Tu regardes tout autour... RIEN. Il n'y a personne, mais tu jurerais que quelqu'un vous épie.

Tout à coup, une ombre drapée de blanc passe au travers du mur en soulevant la poussière, puis deux yeux rouges apparaissent dans le noir.

«QUI EST LÀ?» demandes-tu, effrayé.

PAS DE RÉPONSE...

Si tu veux le savoir, il faut donner ta langue au chat, ou plutôt... à la revenante qui vient juste d'apparaître DEVANT TOI!

FIN

75

Vous devez être prudents, car entre le mur et les sables mouvants, il y a très peu d'espace de manoeuvre.

«Venez!» leur dis-tu. En prenant le bras de tes amis, tu les entraînes jusqu'aux sables mouvants. «Il n'y a plus de temps à perdre, nous devons tenter le tout pour le tout...»

Le dos et les mains appuyés sur le mur, vous avancez à pas mesurés. Au moment où vous contournez tous les trois le large remous de sable, TON PIED GLISSE! Tu tentes désespérément de garder ton équilibre, mais ta jambe s'engouffre dans le sable...

«JEAN-CHRISTOPHE!» hurles-tu.

Ton ami t'attrape aussitôt par le bras, prend une profonde inspiration et te tire hors de danger. Enfin arrivé de l'autre côté du tourbillon, tu reprends ton souffle...

«OOOUUUF! Merci... Nous avons réussi à passer», fais-tu. Les mains appuyées sur les genoux, tu baisses les yeux et constates que... ZUT! tu as perdu une espadrille...

Alors que vous vous dirigez vers la sortie, le squelette fait soudain son apparition. Sans tenir compte des sables mouvants, il avance, pose son pied sur le sol mou et cale aussitôt jusqu'à la taille puis disparaît complètement dans un gémissement presque humain...

YAAAAARRHHHH!

Vous quittez cet endroit en empruntant un sombre petit passage jusqu'au numéro 69.

76

Le matou-momie s'élance sur toi toutes griffes sorties. Pour éviter ses crocs tranchants, tu te laisses choir sur le sol. Le petit monstre poilu s'écrase de plein fouet sur le mur puis explose en poussière, **POOUUF!** Tu te relèves bouche bée...

«C'est beaucoup trop dangereux par ici, lances-tu. Il faut sortir de la pyramide tout de suite...»

Jean-Christophe ne te répond pas, mais hoche la tête pour te donner raison.

«C'était de la folie de vouloir venir dans la pyramide noire, soutient Marjorie. Je savais que nous allions tomber sur des momies mais vous n'avez pas voulu m'écouter.

— Oui! lui concèdes-tu, tête basse.

— C'est un miracle que nous soyons en vie, ajoute-t-elle, le visage grave.

— D'accord, d'accord, répète Jean-Christophe. Tu avais raison, petite soeur. Mais maintenant, il faut cesser d'en parler et essayer de sortir d'ici...

— Regardez ce tunnel, il est plutôt sombre, mais il semble s'orienter vers le haut, remarque-t-elle. Allez-y! je vous suis, ajoute-t-elle en se plaçant près de l'entrée...

— Ah non! Madame veut jouer au chef, alors elle passe la première!» répond son frère en lui donnant une petite poussée dans le dos.

C'est vrai qu'il est sombre, humide et sinistre, ce tunnel, mais il vous conduit tout de même jusqu'au numéro 79.

77

Au moment où vous faites demi-tour, **CLING!** un petit bruit retentit... Vous vous arrêtez! Qu'est-ce qui a fait ce bruit?

Observe bien cette image du vautour, elle est différente de la précédente. Si tu réussis à trouver en quoi, tu auras du même coup trouvé d'où provenait le bruit ; dans ce cas, rends-toi au numéro 24. Par contre, si tu n'en as pas la moindre idée, une mauvaise surprise attend les Téméraires de l'horreur au numéro 70.

78

Vous vous mettez à trois pour pousser la porte, qui finit par s'ouvrir dans un grincement qui semble résonner dans tout le musée.

CRIIIIIOOUUUUUK!

Craintifs, vous passez son seuil. L'oreille aux aguets, vous marchez, collés l'un sur l'autre et prêts à faire face à toute éventualité. Des gouttelettes d'eau tombent d'un plafond trop haut et trop sombre pour être visible. Dans un coin, vous apercez une grosse corde qui pend.

«Allez! on grimpe... vous dit Jean-Christophe en tirant dessus afin de vérifier sa solidité. C'est bon allons-y...»

Avec difficulté, vous vous rendez au numéro 91.

79

Effectivement, le tunnel vous a conduits dans la grande salle, à l'extérieur de la pyramide noire du pharaon Dhéb-ile. Tout au fond, l'enseigne lumineuse de la sortie éclaire le plancher comme un tapis rouge

déroulé devant vous.

«FANTASTIQUE!» s'exclame Marjorie.

Vous vous jetez vers la porte. À peine as-tu descendu la première marche de l'escalier que, **PROUTCH!** ton pied écrabouille quelque chose : c'est un insecte. Tu étires le cou pour te rendre compte que la cage d'escalier fourmille de SCARABÉES ET DE SCORPIONS!

Pour les éviter, vous glissez tous les trois sur la rampe jusqu'au numéro 10. Eh oui! vous vous retrouvez, encore une fois, face au plan du musée. Mais au moins, vous savez maintenant que l'ordinateur que vous cherchez ne se trouve pas dans la grande galerie des trésors de l'ancienne Égypte.

80

Immédiatement, le gros ver dégoûtant enroule une partie de son corps gluant sur ta jambe. Une chaleur intense te monte à la cuisse. Marjorie et Jean-Christophe martèlent de coup de pieds le monstre, mais en vain : il vous avale l'un après l'autre. Assis tous les trois dans son immense estomac, vous attendez qu'arrive la...

81

Vous descendez deux marches à la fois jusqu'au pied de l'escalier... La momie ne vous a pas vus, mais attention! Elle aussi descend l'escalier et s'approche dangereusement de vous. Tu plonges la main dans ta poche.

«AIDEZ-MOI! leur cries-tu, j'ai un plan ; nous allons lui tendre un piège. Enroulons cette soie dentaire autour des barreaux de l'escalier.

— Ça ne marchera jamais, fait Marjorie, tu ne crois tout de même pas réussir à faire trébucher cette momie avec ce traquenard enfantin?

— Allons! fais-tu, prends ce bout et attache-le de ton côté.

— C'est peut-être audacieux, admet Jean-Christophe, mais ça vaut la peine d'essayer, ajoute-t-il en pinçant le fil de soie dentaire, maintenant tendu comme une corde de guitare.

Enjambez le fil et allez vous cacher au numéro 46, en arrière d'une rangée d'étagères.

82

Tu pousses les rideaux en lambeaux d'une

fenêtre. Dehors, des nappes de brumes s'étirent tout autour du musée. La lune bien accrochée dans le ciel déjà noir semble prête, comme vous, à passer... UNE NUIT BLANCHE!

À l'extrémité de la galerie, vous vous trouvez face à un ascenseur, vous entrez. Marjorie pose son pouce sur le commutateur **CLIC!** qui s'illumine. Les portes coulissantes se ferment, mais l'ascenseur, lui, demeure en place. Elle appuie à nouveau plusieurs fois. **CLIC! CLIC! CLIC!**

«Rien à faire, soupire-t-elle. Il est hors d'usage...»

Derrière le tableau de commande, tu découvres que deux fils électriques ont été arrachés. Il te faut reconnecter le fil de l'ascenseur afin de le remettre en marche. MAIS ATTENTION : SI TU BRANCHES LE MAUVAIS...

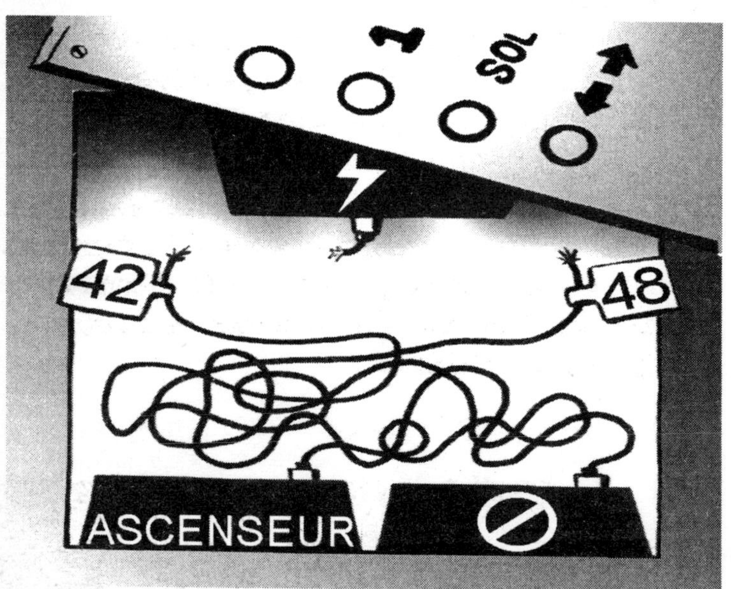

Observe bien cette illustration. Rends-toi au numéro inscrit sur le fil que tu crois être celui qui remettra l'ascenseur sous tension.

83

Vous prenez un passage marqué DIRECTION, SALLE DES ARMES DU MOYEN ÂGE. Des dizaines d'armures immobiles placées contre les murs semblent monter la garde de cette grande et sinistre galerie. Un cri affreux se fait tout à coup entendre, HRUUUIII! puis le fantôme du gardien réapparaît. Tu prends une hallebarde et tu la pointes en sa direction. Il s'arrête et il fait claquer ses doigts, CLAC!

Aussitôt, cinq armures de chevalier s'avancent vers vous et vous encerclent. Marjorie leur jette des regards affolés. Ta gorge se serre, tu frappes de ton arme le casque de l'armure. CLANG! L'armet dégringole jusqu'au plancher, mais l'armure désormais sans tête continue d'avancer vers vous. Tu t'aperçois assez vite que vous ne pouvez rien faire contre ces armures habitées par des fantômes luminescents. Sauf peut-être... HURLER!

FIN

84

Sortir de cet épais brouillard, c'est comme jouer à colin-maillard, mais avec un gros ver monstrueux à ses trousses...

«Est-ce que nous avons réussi à le semer? demande Marjorie, accrochée à ton chandail.

— Je ne crois pas, lui répond son frère. Je peux encore sentir son haleine putride flotter autour de nous.

— Silence! ordonnes-tu tout bas, cet horrible monstre est tout près.»

Vous attendez quelques secondes, immobiles comme des statues. Le gros ver passe tout près de toi sans se douter de votre présence. Sa peau visqueuse t'effleure presque le visage, le sang se glace dans tes veines. Puis, il disparaît en rampant dans l'obscurité.

OUF!

Vous cheminez tranquillement au travers du brouillard jusqu'au numéro 45.

85

De toutes vos forces vous essayez HUUUMPH! de l'ouvrir, mais c'est inutile. Un étrange verrou semblable à un puzzle à trois dimensions retient le couvercle solidement fermé.

La momie monte une autre marche. **POUF!** puis encore une autre, **POUF!** Elle ne va pas tarder à vous tomber dessus. Avec l'énergie du désespoir, vous poussez une grosse étagère remplie de livres dans l'escalier. Dans un fracas épouvantable, **BROOUUM! BANG BOUM!** tout dégringole dans les marches. Impitoyable, la momie se relève et poursuit son ascension, piétinant débris et livres.

Vous constatez assez vite que rien ne peut arrêter une momie qui a faim. Et ce «petit creux» qui la tenaille depuis 1000 ans, elle compte bien l'assouvir... DANS LES MINUTES QUI SUIVENT!

FIN

86

Tu plonges la main dans la caisse. En prenant le masque, tu sens un léger picotement, puis une piqûre vive te fait sursauter. Un scorpion caché entre les masques vient de te piquer. Immédiatement, tout se met à tourner autour de toi, tu t'évanouis...

Tu recouvres tes esprits plus tard, beaucoup plus tard. Tu ouvres les yeux car, C'EST LA SEULE CHOSE QUE TU PEUX BOUGER. Des gens

arrivent devant la vitrine dans laquelle tu es exposé, car tu es désormais... LA PLUS JEUNE MOMIE DU MUSÉE!

FIN

Vous tentez de décoder les symboles, mais tout cela n'a aucun sens pour vous. Vous n'avez pas d'autre solution que de tenter de rebrousser chemin. Dans un sursaut de courage, vous vous précipitez vers la sortie, mais c'est impossible, le squelette en armure vous barre la route.

Son épée fend l'air, tu culbutes vers l'arrière pour éviter la lame brillante qui vient se planter dans une colonne **SCHLING!**

Trois autres squelettes se lèvent et vous encerclent en brandissant des lances...

Vous êtes faits... JUSQU'À L'OS!

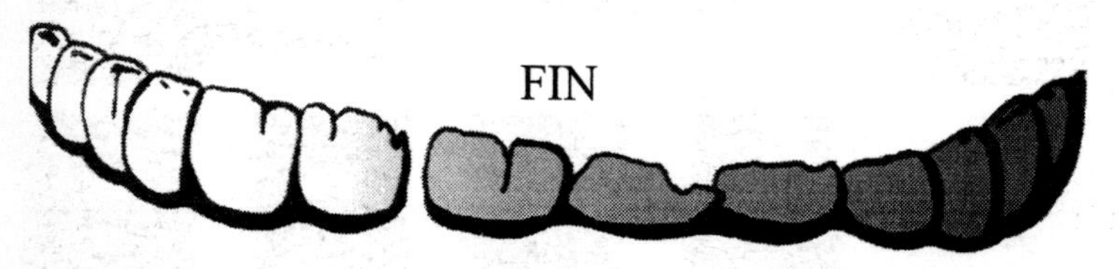

FIN

88

Courage ou folie? Quoi qu'il en soit, la solution de Jean-Christophe est digne d'un vrai Téméraire de l'horreur.

«Nous allons descendre par le soupirail, vous dit-il. Mais à la place d'une corde, nous devrons nous servir de l'une des deux bandelettes qui se trouvent près du sarcophage.»

Mais attention! c'est très risqué car une de ces deux bandelettes est encore attachée à la momie. Si par malheur tu tires sur celle qui est encore enroulée à la momie, tu risques de la réveiller et de la sortir de son sommeil millénaire. Alors il te faut prendre celle qui n'est pas attachée à elle.

Rends-toi au numéro inscrit sur la bandelette que tu auras choisi...

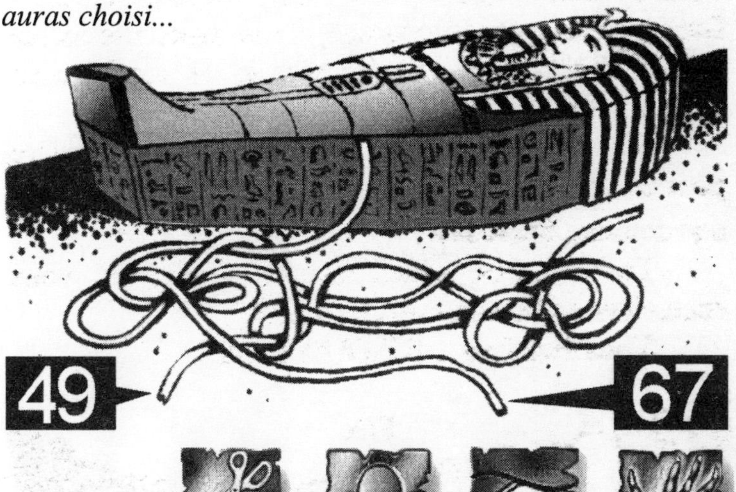

49

67

89

Igor le gardien de nuit fantôme chemine péniblement vers une porte située à l'extrémité du donjon. Vous le suivez en longeant le mur et en vous demandant si c'est la bonne chose à faire. La réponse ne se fait pas attendre, car les yeux vides du fantôme sont maintenant tournés vers vous. IL A REMARQUÉ VOTRE PRÉSENCE!

Le visage blanchi par la peur, vous ne bougez pas.

«N'ayez crainte! vous dit-il d'une voix tonitruante tout en s'approchant. Je ne suis qu'un vieux revenant qui ne cherche qu'à faire son boulot. Je ne vous veux aucun mal.

— Prouve-le! lui demande avec arrogance Jean-Christophe. Tu possèdes toutes les clés du musée, alors conduis-nous à l'ordinateur central, nous voudrions sortir d'ici au plus vite.

— D'accord, acquiesce le fantôme, je vous y emmène.»

Vous partez derrière lui. Son gros trousseau plein de clés vous ouvre toutes les portes jusqu'au numéro 34.

90

Giza le sphinx regarde de tous les côtés et... IL NE VOUS VOIT PAS. Puis, avec un grondement semblable au tonnerre, **GRRRRRRRR!** il s'empare d'un gros os dégoûtant encore garni de chair qu'il se met à déguster sous vos yeux.

«POUAH! chuchote Jean-Christophe avec dégoût. Je ne mangerai plus jamais de poulet frit!»

Bien cachés dans son terrier, vous vous accroupissez pour réfléchir. Marjorie, elle, s'assoit sur ce qu'elle croit être une roche blanche.

«Tu sais que tu es assise sur un crâne humain? lui fais-tu remarquer.

— EUUUUH! fait-elle avant de tomber à la renverse.

— Il faut trouver une façon de sortir d'ici, suggère Jean-Christophe.

— Il faudrait surtout trouver un cola bien froid, dit-elle, encore allongée sur le dos dans la paille. J'ai une soif terrible...»

Jean-Christophe a un mouvement d'impatience.

Allez au numéro 68, vous y trouverez la suite...

91

Après une escalade difficile jusqu'au haut du câble, tu arrives dans l'entrée d'un petit couloir assez éclairé et qui t'es familier...

«POUAH! Nous sommes finalement sortis de ce souterrain puant, soupire Jean-Christophe.

— Oui, mais regarde, lui montres-tu. Nous avons tourné en rond, nous sommes revenus près du plan du musée, nous avons fait tout ce chemin pour rien.

— Pas pour rien, reprend-il. Nous savons maintenant que l'ordinateur ne se trouve pas dans les douves et probablement pas non plus dans le donjon du vieux château. Alors il faut chercher ailleurs...

— HEP! là-haut... vous interrompt Marjorie d'un ton paniqué. Sortez-moi d'ici, je suis à bout de force», ajoute-t-elle, au milieu du câble.

À deux, vous prenez la corde et hissez Marjorie vers vous.

«Merci!» soupire-t-elle, étendue sur le dos.

Tandis que vous reprenez tous les trois votre souffle, un bruit étrange se fait entendre.

SCHHHH! SCHHHH!

Marjorie se remet sur pied, et ton sang ne fait qu'un tour.

SCHHHHH!

«Je n'aime pas cela du tout, murmure Jean-Christophe. C'est soit un serpent qui glisse sur le plancher, soit une momie qui se traîne la jambe...

— Je ne tiens pas à le savoir, crache Marjorie. Allez, ça presse! Retournons vers le plan.»

Dépêchez-vous d'aller au numéro 10.

92

Après avoir sorti le masque de la caisse de bois, tu le portes immédiatement à ton visage et tu te jettes devant les trois crocodiles en espérant un miracle.

Les reptiles s'arrêtent et un silence terrible s'installe...

Tu tournes la tête vers tes amis qui sont littéralement paniqués.

Avec un cri à faire dresser les cheveux WOOOUUUUUHHH! et en gesticulant comme un clown, tu t'élances vers les crocodiles qui, apeurés,

retournent en toute hâte vers les douves.

«C'EST ÇA! leur cries-tu, allez baver ailleurs avant que je ne vous transforme en sacs à main...»

Marjorie se frotte les yeux, surprise par ce qu'elle vient de voir.

«Tu as réussi! s'exclame Jean-Christophe, tout ébahi. Tu crois vraiment que le masque d'Anubis les a effrayés?

— Qu'est-ce que tu penses, lui réponds-tu. Tu crois que c'est mon eau de Cologne?

— Il ne faut pas s'attarder ici, lance Marjorie encore toute tremblante. Ces reptiles aux dents aiguisées comme des couteaux pourraient avoir envie de revenir. Je n'ai pas l'intention de finir croquée par ces crocos féroces...»

Repartez à la recherche de l'ordinateur en allant au numéro 94.

93

...les cobras qui s'étaient regroupés à l'entrée.

«Au moins, nous voici débarrassés de ces gros reptiles dégoûtants», soupires-tu.

La momie s'immobilise et grogne de rage. GRRRRRRRR! À travers ses guenilles, elle te dévisage. Dieu qu'elle est laide, avec son nez qui déménage et sa bouche couverte de goudron! Les mains bien ouvertes, elle s'apprête à passer à l'attaque...

Soudain, il te vient une idée, saugrenue il faut bien l'admettre, mais au moins tu en as une. Tu prends Marjorie par le cou pour lui murmurer ton plan à l'oreille.

«HEIN? T'ES FOU! s'écrie-t-elle. Ça ne peut pas marcher!

— Nous n'avons pas le temps de discuter, insistes-tu. Vas-y, c'est notre seule chance.»

Marjorie prend son courage à deux doigts, car pour le moment, elle en a si peu, et elle se met a courir d'un bout à l'autre de la pièce en criant comme tu le lui as demandé.

YAAAARGGHH! YAAAARGGHH!

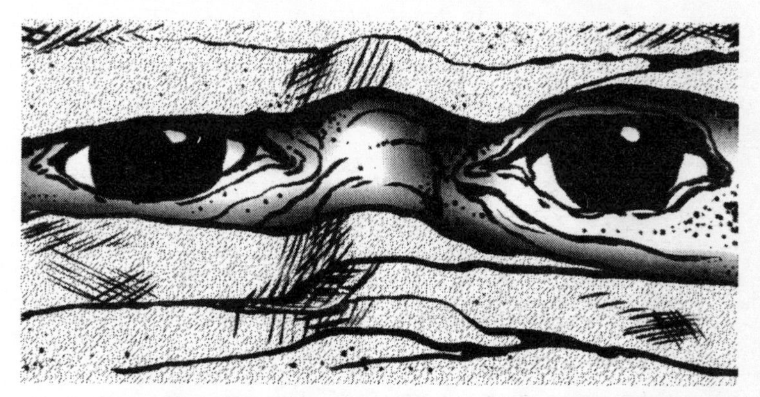

La momie jette un regard vers Marjorie, et avant qu'elle ne s'élance à sa poursuite, tu poses le pied sur l'une de ses bandelettes qui touchait le sol...

La momie tourne ses talons décharnés et file tout droit vers Marjorie qui court dans un sens puis de l'autre.

Au fur et à mesure qu'elle s'éloigne, la momie se déroule. Ayant perdu toute ses bandelettes, le corps desséché par les millénaires tombe graduellement en poussière. Le dernier cri du Pharaon Dhéb-ile retentit et te glace d'effroi.

NYYAAAAHHH!

Craintifs, vous vous approchez avec précaution de ses restes fumants.

«Cette momie est vraiment arrivée au bout de son rouleau!» ironise Marjorie.

Mais ce n'est pas fini, le sable commence à s'accumuler dangereusement. VITE! Allez au numéro 95, avant d'être engloutis...

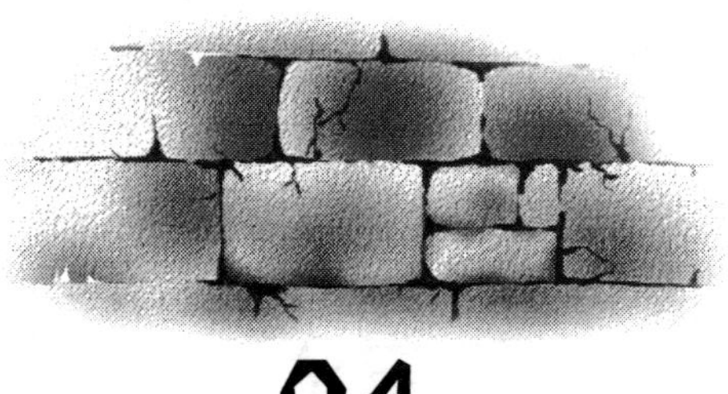

94

À part vos pas qui résonnent sur les murs, il n'y a aucun bruit, aucun son. À un palier, ton regard est attiré par la carcasse d'un rat que survole un essaim de mouches. Tout au fond, il y a un grand portail entouré de goules et de gargouilles sculptées dans la pierre.

«C'est sans doute la sortie de l'ancien château», estime Jean-Christophe.

Vous avancez avec précaution de peur de mettre le pied dans un quelconque trou ou de tomber dans une oubliette. Une araignée suspendue au plafond frôle l'oreille de Marjorie.

«BEURK!» fait-elle, toute grimaçante.

Tu colles ton oreille sur la lourde porte...

«Ça va! leur dis-tu, je crois que nous pouvons y aller...»

Mais est-elle verrouillée, cette porte? Pour le savoir, TOURNE LES PAGES DU DESTIN.

Si elle n'est pas verrouillée, vite ouvrez-la au numéro 78.

Mais si, par malheur, elle est barrée, vois ce qui vous attend au numéro 71.

95

Avec le sable qui s'accumule, cet endroit ressemble de plus en plus à un énorme sablier qui

vous rappelle que le temps presse.

«PAR ICI! vous crie Jean-Christophe, accroupi devant un petit passage. À l'autre bout, on dirait qu'il y a de la lumière...

Vous rampez tous les trois sur plusieurs mètres avant d'arriver dans une autre salle du tombeau, une antichambre. Au beau milieu des trésors du pharaon, vous découvrez...

«L'ORDINATEUR CENTRAL DU MUSÉE!» t'écries-tu, tout étonné de le trouver en ce lieu.

Oui, il s'agit bien de l'ordinateur, mais il semble malheureusement dans un piteux état, car des étincelles jaillissent du tableau de contrôle tandis qu'une curieuse fumée jaune s'échappe d'un des panneaux latéraux.

«Ne restez pas là plantés comme des ânes, il faut faire quelque chose, dis-tu à tes amis, sinon ça risque de se terminer en un gigantesque feu d'artifice...»

Jean-Christophe décide de s'improviser expert en électronique et s'approche avec précaution.

«JE CROIS QUE C'EST LE RÉGULATEUR DE VOLTAGE! estime-t-il, enfonçant quelques touches du clavier. Voilà! je pense que c'est réglé...»

CLANG! PSOUUUUUUU! fait l'ordinateur, avant de se mettre à ronronner.

«Il n'y a plus de fumée... ni d'étincelles... Il fonctionne normalement maintenant, te confirme Jean-Christophe, fier de son coup.

— Est-ce que tu peux-tu nous sortir d'ici?» lui demandes-tu en lui montrant l'immense stèle de calcaire qui vous bloque la sortie.

Jean-Christophe fait à nouveau courir ses doigts sur le clavier. La stèle se met aussitôt à bouger.

BRRRRRRRRRRRRRR!

Vous sortez.

Dehors, vous êtes tout étonnés de constater qu'il y a du sable à perte de vue et que le soleil est éblouissant. Derrière vous, c'est la grande pyramide de Gizeh, entourée de visiteurs...

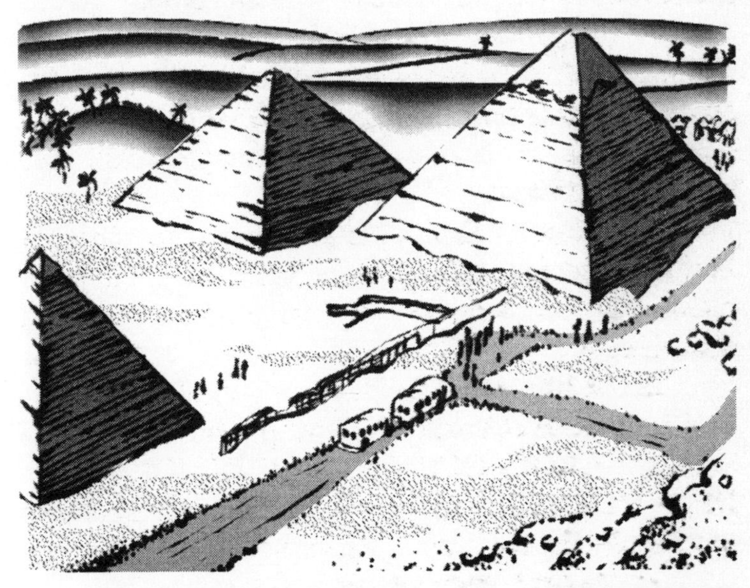

«Des pyramides, des chameaux, des touristes??? Mais qu'est-ce que ça veut dire? demandes-tu, éberlué. C'est un trucage? Une illusion?»

Non, ce n'est rien de tout cela. La surcharge de l'ordinateur a ouvert un trou dans le continuum espace-temps, et tout ce qui se trouvait autour du processeur, toi, tes amis, la momie, avez littéralement été transportés à l'autre bout du monde.

ÉTONNÉ? Pas autant que ta mère lorsque tu lui téléphoneras pour lui demander de «casser ton petit cochon» afin de venir vous chercher tous les trois... EN ÉGYPTE!

BRAVO!
Tu as réussi à terminer le livre...
La Momie du pharaon Dhéb-ile.

UN MOT SUR L'AUTEUR

Dès sa plus tendre enfance, Richard Petit se passionne déjà pour les histoires d'épouvante. À l'âge de 12 ans, il réalise un film d'horreur avec ses amis. Une cape de vampire dans le placard, un cercueil de carton dans le garage, une caisse de fausses toiles d'araignées, et la maison de campagne se transforme soudain en chateau lugubre. Même si tout cela n'est que du cinéma amateur, pour son entourage, cela semble beaucoup trop réel.

Même aujourd'hui, il n'a pas changé. Alors imaginez, lorsque l'occasion s'offre à lui de créer ses propres histoires, avec ses propres images, il s'en empare comme le ferait un loup-garou de sa victime, un soir de pleine lune.

Des aventures débordantes d'actions, des intrigues palpitantes qui se développent au gré de l'interaction des lecteurs et lectrices de tout âge, voilà ce que vous propose ce passionné qui a su garder son coeur d'enfant.

Richard Petit est né à Montréal, en 1958.

DANS LA MÊME COLLECTION

1. Perdu dans le manoir Raidemort
Isbn : 155225027X

2. Le prof cannibale
Isbn : 1552250288

3. La pleine lune des mutants-garous
Isbn : 1552250296

4. Le cirque du Docteur Vampire
Isbn : 155225030X

5. La momie du pharaon Dhéb-ile
Isbn : 1552250318

6. Les gluants de l'espace.
Isbn : 1552250326